suhrkamp taschenbuch 1052

Ödön von Horváth behandelt in seinem Bühnenstück *Sladek*, 1927 entstanden, eines der düstersten Kapitel der Weimarer Republik: die mörderischen Methoden der Schwarzen Reichswehr.

Mit seinem Sladek wollte Horváth, wie er 1929 sagte, einen »Vertreter jener Jugend, jenes ›Jahrgang 1902‹, der in seiner Pubertät die ›große Zeit‹, Krieg und Inflation, mitgemacht hat«, beschreiben, wobei es ihm vor allem aber auch darauf ankam, »die gesellschaftlichen Kräfte aufzuzeigen, aus denen dieser Typus entstanden ist«, einer jener »Traditionslosen, Entwurzelten, dem jedes feste Fundament fehlt, und der so zum Prototyp des Mitläufers wird. Ohne eigentlich ein Mörder zu sein, begeht er einen Mord . . .«

Die neue Edition der Werke Horváths trennt die Theaterstücke von den Prosawerken, ordnet die Texte dann chronologisch an, unter Beigabe der Pläne, Skizzen und Varianten. Anmerkungen zur Entstehung, Überlieferung und Textgestaltung sowie den heutigen Forschungsstand berücksichtigende Erläuterungen ergänzen jeden Band.

Band 1: *Zur schönen Aussicht und andere Stücke*
Band 2: *Sladek*
Band 3: *Italienische Nacht*
Band 4: *Geschichten aus dem Wiener Wald*
Band 5: *Kasimir und Karoline*
Band 6: *Glaube Liebe Hoffnung*
Band 7: *Die Unbekannte aus der Seine und andere Stücke*
Band 8: *Figaro läßt sich scheiden*
Band 9: *Don Juan kommt aus dem Krieg*
Band 10: *Der jüngste Tag und andere Stücke*
Band 11: *Sportmärchen und andere Prosa*
Band 12: *Der ewige Spießer*
Band 13: *Jugend ohne Gott*
Band 14: *Ein Kind unserer Zeit*
Band 15: *Skizzen und Fragmente*

Ödön von Horváth
Gesammelte Werke

Kommentierte Werkausgabe in Einzelbänden
Herausgegeben von Traugott Krischke
unter Mitarbeit von Susanna Foral-Krischke

Band 2

Ödön von Horváth
Sladek

Suhrkamp

suhrkamp taschenbuch 1052
Erste Auflage 1983

Satz: LibroSatz, Kriftel
Druck: Ebner Ulm · Printed in Germany
Umschlag nach Entwürfen von
Willy Fleckhaus und Rolf Staudt

1 2 3 4 5 6 - 88 87 86 85 84 83

Inhalt

Sladek oder Die schwarze Armee 9
Sladek, der schwarze Reichswehrmann 93
Anhang 143
Entstehung, Überlieferung, Textgestaltung 145
Erläuterungen 151
Quellen und Hinweise 175

Sladek oder Die schwarze Armee

Historie in drei Akten (11 Bildern)

Personen: Sladek · Franz · Anna · Knorke · Salm · Horst · Halef · Rübezahl · Das Fräulein · Hauptmann
Der Bundessekretär · Der Untersuchungsrichter · Ein Kriminalkommissar · Richter · Ein Polizist (dieselbe Person) · Zwei Matrosen · Staatsanwalt · Rechtsanwalt · Lotte, das Mädchen · Zwei andere Mädchen · Die Handleserin · Die Bundesschwester · Hakenkreuzler · Soldaten

Zeit: Die Inflation und Tage der Wiedererstarkung.

Ort: Deutsches Reich

Erster Akt

I
Das Ende einer Diskussion

Straße. Hakenkreuzler prügeln Franz aus einem Saale, in dem mit Musik eine rechtsradikale Versammlung steigt. (Präsentiermarsch). Nacht.

EIN HAKENKREUZLER Raus! Raus mit dem roten Hund!

EIN ANDERER Da! Da! Du Judenknecht!

DIE BUNDESSCHWESTER *erscheint im Tor:* Was hat der gesagt? Wir hätten den Krieg verloren? Solche Subjekte haben uns Sieger erdolcht und das Vaterland der niederen Lust perverser Sadisten ausgeliefert! Am Rhein schänden syphilitische Neger deutsche Frauen, jawohl, das deutsche Volk hat seine Ehre verloren! Wir müssen, müssen, müssen sie wieder erringen und sollten zehn Millionen deutscher Männer auf dem Felde der Ehre fallen!

DIE HAKENKREUZLER Heil!

FRANZ Sie! Woher nehmen Sie das Recht, das Volk ehrlos zu nennen? Woher haben Sie den traurigen Mut, zehn Millionen Tote zu fordern?! Sie sind kein Mensch, gnädige Frau!

DIE BUNDESSCHWESTER Novemberling! Novemberling!

EIN HAKENKREUZLER Zerreißt ihm das Maul! Zerreißt es der bezahlten Kreatur!

KNORKE *erscheint im Tor:* Halt! Bundesbrüder, beschmutzt euch nicht! – Sie sind doch der sogenannte Redakteur, das Schwein Franz –

FRANZ *unterbricht ihn:* Ja.

KNORKE Freut mich außerordentlich, Sie persönlich kennen gelernt zu haben. Hätten Sie die große Güte, folgende kleine Anfrage zu beantworten: Ihre »große« Nation bricht den Versailler Vertrag, Ihren geliebten »Friedens«-vertrag und besetzt mit Flammenwerfern die Ruhr. Sie proklamiert die rheinische Republik, sie wird das ganze wehrlose, verratene Deutsche Reich »erobern«, von der Maas bis an die Memel, von der Etsch bis an den Belt, trotz feierlicher Proteste mit verdorrter Hand!

FRANZ Der Versailler Vertrag ist das Werk des Imperialismus, ist die Kriegserklärung des internationalen Kapitals an das Proletariat.

EIN HAKENKREUZLER Juden aller Länder, vereinigt euch!

KNORKE Sie wollen, daß das Vaterland französische Kolonie wird?

FRANZ Sie wissen, daß ich das nicht will!

DIE BUNDESSCHWESTER *lacht.*

FRANZ Ich komme aus dem besetzten Gebiet.

KNORKE Ich auch.

FRANZ Die französische Reaktion raubt an der Ruhr, Brot und Recht. Soldat ist Soldat. Sie haben Schwarzrotgold verbrannt.

KNORKE Bravo!

DIE HAKENKREUZLER Bravo!

FRANZ Bravo. Das deutsche Proletariat stellt sich zum Kampf. Ohne Gewehre, ohne Generäle. Der Friedenswille der Massen ist stärker als alle Bajonette der internationalen Reaktion! Der Militarismus wird an der sittlichen Kraft der schaffenden Arbeit zerschellen, ohne Blut!

KNORKE Leitartikel! Tinte!

DIE BUNDESSCHWESTER Blut bleibt Blut!

KNORKE Krieg ist Krieg! Der passive Widerstand ist die Ausgeburt jüdischer Niedertracht! Eine rote Feigheit! In

Berlin feiern internationale Halunken den jüdisch-jesuitischen Fetzen von Weimar! Bundesbrüder! Bald marschiert die nationale Armee und rottet das pazifistische Gesindel aus! Rache für Straßburg! Rache für Schlesien! Für Schleswig! Für Schlageter!

DIE HAKENKREUZLER Heil! Heil!

GESANG *aus dem Saal:*

Drum Brüder schließt die Runde
Und hebt die Hand zum Schwur,
In unserem heiligen Bunde
Gilt eine Losung nur:
Das Hakenkreuz soll flattern
Uns führen in der Nacht
Bis unsere Schüsse rattern
Einst in der Freiheitsschlacht!

KNORKE, DIE BUNDESSCHWESTER UND DIE HAKENKREUZLER *ab in den Saal; nur vier bleiben zurück.*

GESANG *aus dem Saal:*

Kam'rad reich mir die Hände,
Fest wolln beisamm wir stehn,
Mag man uns auch bekämpfen
Der Geist kann nicht vergehn!
Hakenkreuz am Stahlhelm
Schwarzweißrotes Band,
Sturmabteilung Hitler
Werden wir genannt!
Wir lassen uns, wir lassen uns
Von Ebert nicht regieren!
Hei Judenrepublik!
Hei Judenrepublik!
Schlagt zum Krüppel den Doktor Wirth!
Knattern die Gewehre, tack tack tack,
Aufs schwarze und das rote Pack!

Schlagt tot den Walther Rathenau
Die gottverdammte Judensau!
Plötzlich Stille.

FRANZ *lehnt die Stirne an die Wand und spuckt Blut.*

ERSTER HAKENKREUZLER Der hat seinen Teil.

ZWEITER HAKENKREUZLER Noch lange nicht, Kamerad!

DRITTER HAKENKREUZLER Ein beschnittener Saujud ist ein anständiger Mensch neben einem arischen Juden. Dem blut ja bloß die Nase. Das ist nur Vorschuß.

ZWEITER HAKENKREUZLER Wenns losgeht, wird er sich verbluten.

VIERTER HAKENKREUZLER Wann gehts denn los?

DRITTER HAKENKREUZLER Bald.

ZWEITER HAKENKREUZLER Wenns losgeht, dann kommt ein Gesetz, daß sich jeder Jud einen Rucksack kaufen muß. Was er hineinbringt, das darf er mitnehmen nach Jerusalem. Was er nicht hineinbringt, gehört uns. Wißt ihr, wieviel polnische Juden in Deutschland wuchern? Zwanzig Millionen!

ERSTER HAKENKREUZLER Bei uns in der Schule haben wir nur einen Juden. Wir reden alle nicht mit ihm, aber der Schuft ist gescheit. Neulich hat er als einziger den ollen Cicero übersetzen können, dann haben wir ihn aber verprügelt! Er war ganz blau, und seine Brille ist zerbrochen. Sein Vater, der alte Itzig, hat sich beim Rektor beschwert, aber der hat gesagt, das wären ja nur Streiche der Jugend, und Knaben, die nicht raufen, aus denen wird kein tüchtiger Krieger. Wir haben dem Rektor nämlich gesagt, daß der Jud frech war, darum haben wir ihn gedroschen. Er hat es sofort geglaubt. Träumst du?

ZWEITER HAKENKREUZLER Nein. Ich hab nur nachgedacht über diese Judenfrage. Gestern haben sie auf dem Markt so eine plattfüßige Rebekka geohrfeigt. Sie hat nämlich behauptet, daß die Äpfel faul sind, die man ihr verkauft hat, das Dreckmensch. Die Leute haben gelacht.

Heilrufe und Musiktusch im Saal.

DRITTER HAKENKREUZLER Das Schlußwort! Los! *Ab in den Saal mit dem ersten und zweiten Hakenkreuzler.*

GESANG *aus dem Saal:*

Wir treten zum Beten vor Gott den Gerechten,
Er waltet und haltet ein strenges Gericht.
Er läßt von den Schlechten nicht die Guten knechten,
Sein Name sei gelobt! Er vergißt uns nicht!

VIERTER HAKENKREUZLER *nähert sich langsam Franz.*

FRANZ *hört ihn und wendet sich ihm zu:* Zurück! Das war eine große Heldentat. Alle gegen einen.

VIERTER HAKENKREUZLER Ich hab dich nicht geschlagen.

FRANZ Danke.

VIERTER HAKENKREUZLER Bitte. Sie hätten dich fast erschlagen, aber das hätt mir leid getan, denn du hast recht gehabt, und ich hab die Gerechtigkeit lieb. Du hast sehr recht gehabt, wir haben unsere Ehre nicht verloren – aber darauf kommts nicht an. Man muß nur selbständig denken. Du bist ein sogenannter Idealist.

FRANZ Wer bist du?

VIERTER HAKENKREUZLER Ich heiße Sladek. – Man muß nur selbständig denken. Ich denk viel. Ich denk den ganzen Tag. Gestern hab ich gedacht, wenn ich studiert hätt, dann könnt ich was werden. Ich hab nämlich Talent zur Politik. Ich bin ein sogenannter zurückgezogener Mensch. Ich red nur mit Leuten, die selbständig denken können. Ich freu mich, daß ich mit dir reden kann, – du bist auch allein, das hab ich bei der Diskussion bemerkt. Wir sind verwandt. Ich hab mir das alles genau überlegt, das mit dem Staat, Krieg, Friede, diese ganze Ungerechtigkeit. Man muß dahinter kommen, es gibt da ein ganz bestimmtes Gesetz. Es ist immer dasselbe. Ein ganz bestimmter Plan, das ist klar, sonst wär ja alles sinnlos. Das ist das große Geheimnis der Welt.

FRANZ Und?

SLADEK In der Natur wird gemordet, das ändert sich nicht. Das ist der Sinn des Lebens, das große Gesetz. Es gibt nämlich keine Versöhnung. Die Liebe ist etwas Hinterlistiges. Liebe, das ist der große Betrug. Ich habe keine Angst vor der Wahrheit, ich bin nämlich nicht feig.

FRANZ Ich auch nicht.

SLADEK Das weiß ich. Aber du hast da einen Denkfehler. Lach mich nicht aus, bitte.

FRANZ Ich lach nicht.

SLADEK Du denkst nämlich immer daran, das ganze Menschengeschlecht zu beglücken. Aber das wird es nie geben, weil doch zu guter Letzt nur ich da bin. Es gibt ja nur mich. Mich, den Sladek. Das Menschengeschlecht liebt ja nicht den Sladek. Und wie es um den Sladek steht, so geht es den Völkern. Es liebt uns zur Zeit niemand. Es gibt auch keine Liebe. Wir sind verhaßt. Allein.

FRANZ Was verstehst du unter dem Wir?

SLADEK Das Vaterland.

FRANZ Was verstehst du unter Vaterland?

SLADEK Zu guter Letzt mich. Das Vaterland ist das Land, wo man hingeboren wird und dann nicht heraus kann, weil man die anderen Sprachen nicht versteht. Nämlich alle Theorien über den sogenannten Marxismus, die kommen für mich heut nicht in Betracht, weil ich selbständig denken kann.

FRANZ *spöttisch:* Du denkst zu selbständig.

SLADEK Man muß. Man muß. Es kann ja sein, daß mal wieder alle armen Leut gegen die Reichen ziehen, aber das ist, glaub ich, aus. Sie haben ja die Roten erschlagen. Viele Rote. Ich war nämlich bei Spartakus. Nur im Geist, aus besonderen Gründen. Damals hab ich ein Lied gehört, daß das Herz links schlägt, aber es gibt ja kein Herz, es gibt nur einen Muskelapparat. Bist du für diese Republik?

FRANZ Das ist noch keine Republik, das wird erst eine.

SLADEK Das ist nichts und wird nichts, weil es nämlich auf einer Lüge aufgebaut ist.

FRANZ Auf was für einer Lüge?

SLADEK Daß es eine Versöhnung gibt.

FRANZ Wenn es keine Versöhnung gäbe, so müßte man sie erfinden.

SLADEK *lächelt:* Du bist nicht dumm.

FRANZ Wieso?

Stille.

Ich lüge nie.

SLADEK In der Natur wird gemordet, das ändert sich nicht.

FRANZ Heute ist allerdings die ganze Welt voll Blut und Dreck.

SLADEK Ich denk nicht an morgen. Ich leb ja vielleicht nur heut. Heut sind alle Staaten gegen uns. Sie besetzen unser Land, drücken uns zusammen. Weil wir wehrlos sind, das ist dann immer so. Es würde nichts schaden, wenn noch einige Millionen fallen würden, wir sind nämlich zu viel. Wir haben keinen Platz. Wir verbreiten uns, als hätts keinen Weltkrieg gegeben. Es wird bald alles eine Stadt, das ganze deutsche Reich. Wir brauchen unsere Kolonien wieder, Asien, Afrika – wir sind wirklich zuviel. Schad, daß der Krieg aus ist!

FRANZ Du wagst es zu bedauern, daß der Krieg aus ist?

SLADEK Ja. Ich wags.

FRANZ Bist du ein Mensch?

SLADEK Ich bin ein Mensch, es ist aber immer Krieg.

FRANZ Es gibt auch Frieden.
SLADEK Ich erinner mich nicht daran.
FRANZ So tust du mir leid.
SLADEK Jetzt lügst du.
FRANZ Zu blöd.
SLADEK Ich hab nämlich keine Angst vor der Wahrheit.
FRANZ Warst du Soldat?
SLADEK Nein. Als der Krieg ausbrach, war ich zwölf Jahre alt. Ich seh nur älter aus.
FRANZ Du gehörst verboten.
SLADEK Daß ich mal verboten werd, ist schon möglich. Weil ich zuviel weiß.
Stille.
FRANZ Kennst du die schwarze Armee?
SLADEK Das darf man nicht sagen!
FRANZ Aha! Warum?
SLADEK *schweigt.*
FRANZ Ich habe gehört, daß sich draußen auf den Feldern Soldaten sammeln. Sie haben Kanonen und Maschinengewehre und tragen die Kokarde mit dem Adler der Republik verkehrt. Abgeschossen. Stimmts?
SLADEK *schweigt.*
FRANZ Ich habe gehört, daß diese Soldaten siegreich nach Paris marschieren wollen, über die Leiche des eigenen Volkes.
SLADEK Das geht dich nichts an!
FRANZ Doch! Sogar sehr! – Sie nennen sich die schwarze Armee, weil sie nur als Geheimnis existieren können. Und der es verrät, der stirbt.
SLADEK In der Natur wird gemordet, das ändert sich nicht.
FRANZ Man sollt jede Armee verraten, du Soldat! *Ab.*
SLADEK *allein; ruft ihm nach:* Du bist ein sogenannter Idealist, du Schuft!
GESANG *aus dem Saal:*

Wohlauf, Kameraden, aufs Pferd, aufs Pferd,
In das Feld in die Freiheit gezogen!
Im Felde da ist der Mann noch was wert,
Da wird das Herz noch gewogen.
Da tritt kein anderer für ihn ein,
Auf sich selber steht er da ganz allein!

II
Bei Anna

Sie sitzt an der Nähmaschine. Auf der Straße spielt eine Drehorgel das Deutschlandlied. Sie steht auf und schließt das Fenster. Es pocht an die Türe. Sie öffnet.

KNORKE *tritt ein:* Tag. Könnte man Herrn Sladek sprechen?

ANNA Er muß jeden Augenblick kommen.

KNORKE Sie sind Frau Schramm?

ANNA Ja.

KNORKE Angenehm. Schramm schrumm schrimmschrimm schrumm schramm. Das war mal ein Schlager, so vor zwanzig Jährchen. Geht die Uhr? Genau?

ANNA So ziemlich. Will der Herr warten?

KNORKE *setzt sich:* Fünf Minuten. Dieser Sladek ist pünktlich. Primadonna! Primadonna!

ANNA Er hat keine Uhr.

KNORKE Und singen kann er auch nicht.

ANNA Woher kennen Sie Herrn Sladek?

KNORKE Das weiß ich nicht mehr.

ANNA Sie kennen ihn schon seit länger?

KNORKE Sind Sie mit ihm verwandt?

ANNA Nein.

KNORKE Sie sind seine Wirtin?

ANNA Ja.

KNORKE Sonst nichts?

ANNA Wieso?

KNORKE *blickt in die Zeitung:* Die Mark hat sich gefestigt. Zürich notiert zweiundzwanzig Milliarden. Zürich liegt am Züricher See. Ich war auch in China. *Er schlägt auf den Tisch, schnellt empor und läuft herum.* Jawohl, in Ostasien, junge Frau! Aber so ein lammfrommes Volk wie das deutsche habe ich nirgends getroffen! Pensionierte Bürokraten würden revoltieren! Da die Zeitung! Die Republik, dieser Büttel der Botschafterkonferenz, erfrecht sich zu befehlen, die letzten Waffen abzuliefern! Auf einen Wink der Entente kastrieren wir uns selbst! Den Schuften, der nur ein versteckte Patrone verratet, den möcht ich massieren, bis ihm die pazifistische Seele zum großen jüdischen Gott fliegt! Verzeihen Sie meine Erregung. – Ah! Kriegsbilder! Wer ist denn der? Sieht so verzweifelt drein.

ANNA Das war mein Mann. Er hat sich schlecht fotografiert, aber vielleicht war er damals so.

KNORKE Gefallen?

ANNA Nein.

KNORKE Ich dachte, Sie wären Witwe?

ANNA Er ist vermißt. Ich warte zwar nicht mehr, obwohl es noch vorkommen soll, daß ein Vermißter plötzlich erscheint. Rußland ist groß, Sibirien ist weit.

KNORKE Apropos Rußland: Haben Sie die neue polnische Note gelesen?

ANNA Ich lese keine Zeitung. Die liest nur Sladek.

KNORKE Er liest viel.

ANNA Nur die Zeitung.

KNORKE Er weiß allerhand für sein Alter. Seine Ansichten sind zwar etwas verworren, aber zu guter Letzt gesund.

ANNA Wenn er nur Zeit hat, grübelt er.

KNORKE Die neue polnische Note ist der Gipfel der Verleumdung. Lauter Verbrecher!

ANNA Wer?

KNORKE Diese Polen! Jeder einzelne Pole ist ein geborener Lügner!

ANNA Ich glaube, der einzelne Pole lügt auch nicht mehr als der einzelne Deutsche.

KNORKE Hoppla!

ANNA Die Zeitungen sollten endlich aufhören, die Völker gegeneinander zu hetzen. Es hat doch gar keinen Sinn.

KNORKE Was Sie nicht sagen!

ANNA Ich finde es sehr richtig, daß die Regierung die Bevölkerung auffordert, alle Waffen abzuliefern. Das ist endlich ein gutes Gesetz. Wir haben uns vier Jahre lang gemordet, das reicht. Ich würde jede versteckte Patrone anzeigen. Sofort.

KNORKE Das würde ich an Ihrer Stelle unterlassen.

ANNA Warum? Wer der Regierung nicht folgt, der wird doch bestraft.

KNORKE Zum Strafen gehört Gewalt. Die Regierung hat keine, kann ich Ihnen flüstern. Heutzutag ist oft das Gegenteil Gesetz. Sagen Sie: Was wissen Sie über versteckte Patronen?

ANNA Ich weiß, wer Sie sind und was Sie wollen.

KNORKE Wie war das?

ANNA Ich kenne Sie. Vom Sehen.

KNORKE Wer bin ich?

ANNA Sie kommen manchmal in die Stadt. Im Auto.

KNORKE Was für ein Auto?

ANNA Das habe ich alles beobachtet.

KNORKE Was alles?

ANNA Sie wollen aus dem Sladek einen Soldaten machen.

KNORKE So?

ANNA Sie werben für die schwarze Armee.

KNORKE Es gibt keine schwarze Armee!

ANNA Doch.

Stille.

KNORKE Ich warne Sie.

ANNA Ich bitte Sie. Ich bitte Sie, lassen Sie mir den Sladek. Es fällt mir schwer, darüber zu reden. Wenn sich eine Frau in meinem Alter an einen um fünfzehn Jahre jüngeren Mann hängt, so ist das immer mütterlich, und sie läßt ihn nicht aus den Augen. Sladek ist ja noch ein Junge, der sich an nichts erinnern kann, als an Krieg. Er kann sich den Frieden gar nicht vorstellen, so mißtrauisch ist er. Er ist in der großen Zeit groß geworden, das merkt man. Ich lasse ihn nicht aus den Augen, ich habe gehorcht und spioniert – mich kann man nämlich nicht betrügen. Was mein ist, bleibt mein.

KNORKE Ist der Sladek Ihr Eigentum?

ANNA Ja.

KNORKE Nein.

ANNA Wen ich liebe, der gehört mir.

KNORKE Will er Ihnen gehören?

ANNA Wie meinen Sie das?

KNORKE Der Sladek ist ausgewachsen und denkt nicht daran.

ANNA Das hat er Ihnen gesagt?

KNORKE Fragen Sie ihn selbst.

Stille.

ANNA Wollen Sie mir helfen?

KNORKE Ich warne Sie.

ANNA Ich bitte Sie. Bitte, sagen Sie dem Sladek kein Wort, daß ich weiß, daß er von mir will. Bitte, sagen Sie ihm doch, er wäre zum Soldaten untauglich, sagen Sie es ihm, bitte, lassen Sie ihn hier. Ihre Soldaten werden auch ohne Sladek marschieren, aber ich – Ich hab schon mal alles für das Vaterland geopfert. Ich laß mir nichts mehr rauben. Ich verrate die ganze Armee den Polen. Noch heut.

KNORKE Kaum.

SLADEK *kommt; nickt Knorke zu.*

ANNA Der Herr wartet schon auf dich. Wo warst du so lange?

SLADEK Ich hab mich geärgert.

ANNA Wer hat dich geärgert?

SLADEK Freut dich das?

ANNA Mich?

SLADEK Laß uns allein, bitte.

KNORKE Nicht nötig, Sladek. Frau Schramm hat mich soeben gebeten, dir mitzuteilen, du seiest untauglich zum Soldaten, da sie sonst alles den Polen verrät.

SLADEK Anna!

ANNA Nein, so ein Schuft!

KNORKE Ich weiß, daß du das Maul gehalten hast, aber Frau Schramm hat dir nachspioniert. Dadurch zwingt uns Frau Schramm, uns mit ihrer Persönlichkeit zu beschäftigen. Verstanden? Sladek, bist du tauglich?

SLADEK Tauglich.

KNORKE Nach wie vor. Wir treffen uns beim Fräulein. Auf Wiedersehen! *Ab.*

SLADEK *starrt Anna an:* Auf Wiedersehen.

Stille.

ANNA Was ist das für ein Fräulein?

SLADEK Das Fräulein. Das ist ein Lokal.

ANNA Lüg nicht!

SLADEK Du wirst noch blöd vor lauter Eifersucht.

ANNA Lieber blöd! Sladek! Ich hab ja so Angst um dich! Ich seh es ja, wie hungerig dich die Weiber anschaun –

SLADEK *unterbricht sie:* Ich bin dir treu.

ANNA Nein, du nimmst nur Rücksicht, aber dann wünschst du, ich soll nicht mehr sein. Du, du wirst einfach weggehen, ich werde dich überall suchen und nirgends finden.

SLADEK Anna, weißt du, was das heißt, eine Armee vor dem Feinde zu verraten? Weißt du, was die Soldaten mit dem Verräter tun?

ANNA Sie sollen mich erschlagen.

SLADEK Sie werden dich erschlagen.

ANNA Es liegt an dir. Bleib bitte, und ich verrate nichts. Nichts. Weißt du, was das heißt, wenn ich dich verliere? Bleib, bitte, bitte, bitte – schau, ich schäme mich ja schon gar nicht mehr, so hänge ich an dir. Was denkst du jetzt?

SLADEK Was ich denk, langweilt dich, hast du gesagt.

ANNA Nein!

SLADEK Was ich denk, ist dumm, hast du gesagt! Hast du gesagt! Ich hab nämlich ein sogenanntes Gedächtnis, ein ausgezeichnetes Gedächtnis.

ANNA Wie du dir alles merkst.

SLADEK Alles.

ANNA Daß du nur nichts vergißt!

SLADEK Nichts. Glotz nicht.

ANNA Ich glotz nicht. Ich hab nur gesagt, du sollst nicht so viel denken, weil ich nichts von Politik versteh. Ich komme nicht mit.

SLADEK Man muß nur selbständig denken. Ich kam zu dir zerlumpt. Bei mir in der Familie haben sie sich um ein Stück Brot gehaßt. Du warst für mich ein höheres Wesen, du hattest eine Zweizimmerwohnung und hast Kriegsanleihen gezeichnet. Du hast für Kaufmannsfrauen geschneidert, ich hab mich waschen können. Du hast mir einen Wintermantel gekauft. Danke.

ANNA Bitte.

SLADEK Du bist meine erste Liebe.

ANNA Sei nicht boshaft.

SLADEK Ich bin nicht boshaft. Ich wollt nur sagen, daß die erste Liebe eine riesige Rolle im Leben spielt. Hab ich gehört.

ANNA Sladek. Du bist schon tot.

SLADEK Warum?

ANNA *klammert sich an ihn:* So sag es doch! Sag, daß alles aus ist! Aus, aus –

SLADEK Sag es du.

ANNA Ich kann es nicht, – wie dumm ich bin, wie dumm –

SLADEK Es ist nicht aus.

ANNA Nimm keine Rücksicht! Quäl mich nicht! Sag es endlich, laß mich los!

SLADEK Gut. Es ist aus.

ANNA Schau mich an.

Stille.

SLADEK So wirds nicht anders.

ANNA Doch.

SLADEK Du weißt immer alles besser.

ANNA Du kannst nicht lieben, du kannst nur lieb sein.

SLADEK Genügt das nicht?

Stille.

ANNA *lächelt:* Schau mich nicht so an – du Riese. Du kleiner Riese. Du bleibst, du bleibst. Du Jung, du – es ist dunkel, die Erde ist noch kalt, aber die Sonne war schon warm. Das ist der zunehmende Mond.

SLADEK Heuer gibts kein Frühjahr. Auf dem Ozean liegen lauter Wolken, ganze Berge. Das kommt alles noch über uns, steht in der Zeitung.

ANNA Ist doch alles nicht wahr, ist doch alles anders – Komm, gib mir einen Kuß –. Das war doch kein Kuß. So. So – *Sie küßt ihn, reißt sich plötzlich los und taumelt zurück.* Was tust du?! Was fällt dir ein, wenn ich dich küß?!

SLADEK Ich küß nicht gern so, so sinnlich.
ANNA Du Schwein. Du Schwein –
SLADEK Ich bin ein Schwein. *Ab.*

III
Im Weinhaus Zur alten Liebe

Salm, Horst, Halef, Knorke und Rübezahl sind die einzigen Gäste. Das Fräulein bedient.

DAS FRÄULEIN Die Herren sind Soldaten?
SALM Wir sehen nur so aus.
DAS FRÄULEIN Ich liebe die Uniform. Ich bin eine Deutsche aus Metz. Wir hatten viel mit den Herren Soldaten zu tun. Wenns wieder Krieg gäb, das wär fein!
HORST Sie werdens noch erleben, Mädchen.
DAS FRÄULEIN Ich wär auch glücklich mit einem Manöver. Die Herren sind doch Soldaten?
RÜBEZAHL Wir sind keine Soldaten, dumme Kuh!
DAS FRÄULEIN Pardon! Seien Sie nur nicht wild, Sie Großer! Die Herren haben doch Uniform.
KNORKE Wir haben uns nur noch nicht umgezogen seit dem Krieg.
DAS FRÄULEIN *lacht:* Oh pfui, wie pikant!
HALEF Sehr geehrtes Mädchen. Ich bin zwar kein Soldat, aber ich interessiere mich für Manöver. Überhaupt für Übungen – *Er schäkert mit ihr.*
KNORKE *zu Salm:* Sie heißt Schramm. Mit dem seltenen Vornamen Anna. Sie wohnt in der Prinzenstraße unter sechs und hat sich an den Sladek gehängt. Sie ist im gefährlichen Alter und könnte für ihren Bubi auch sterben.
SALM Ein schöner Abend heute abend.

KNORKE Sie weiß alles, vielleicht auch das, was ihr bevorsteht. Sie wird trotzdem jede versteckte Patrone der Republik abliefern und alles den Polen verraten. Sie ist toll.

SALM Ein schöner Abend heute abend.

KNORKE Ich verstehe, Leutnantleben. Liebling, wir verstehen uns wie ein Liebespaar. Es ist ein schöner Abend heute abend, und es wird für manches Kind keinen schöneren mehr geben.

SALM Was, wenn Sladek nicht kommt?

KNORKE Er kommt. Er haßt sie nämlich.

SALM Warum?

KNORKE Warum haßt man einen Menschen? Entweder weil er einem nichts gibt oder zuviel gegeben hat. Sie wird ihn ausgehalten haben. Sie muß mal sehr geil gewesen sein.

HORST Das Schandweib gehört totgeprügelt.

SALM Könntest du sie totprügeln?

HORST Im Interesse des Vaterlandes, jederzeit. Wir hatten zu Hause einen reinrassigen Dobermann. Dem habe ich einmal die Beine zusammengebunden und losgeprügelt bis ich nicht mehr konnte. Das Vieh gab keinen Ton von sich. Es gibt so stolze Köter. Es hat mich nur angeschaut.

SALM Du bist so herrlich hemmungslos, so göttlich selbstverständlich. Das soll Wodka sein! Ich habe meine Jugend vergeudet.

HORST Bitte, nur nicht sentimental!

SALM Nein, ich bin nur traurig. Wenn man so zurückdenkt: Damals, du wirst erst sechs Jahr gewesen sein, damals war ich Hauslehrer in Siebenbürgen. Was ich dort bei den Rumäninnen Kraft ließ – ja, das Weib haßt den Mann, auch in der Tierwelt gibt es dafür Beispiele. Ich hab erst in der Gefangenschaft mein besseres Ich entdeckt, ich danke es dem Krieg, er wies mich den rechten Weg. Horst. Du folgtest meinem Rufe.

HORST Halt! Ich habe um meiner Ideale willen und nicht aus persönlichen Gefühlchen Papa und Mama verlassen. Ich wär auch ohne dich durchgebrannt – jetzt hätte ich bald das Abitur! Wozu? Die Tat gilt mehr als das Wissen, die Waffe mehr als das Wort.

SALM Sei nicht grausam.

HORST Quält dich die Wahrheit? Stehst du über dem Vaterland? Daß du immer Illusionen brauchst!

SALM Wie der kleine Kerl quälen kann –

RÜBEZAHL Salm! Du hast ein Profil wie Bruno Kastner, aber ich hab kein Geld. Hast du Geld? Gib mir Geld.

SALM Besauf dich nicht!

RÜBEZAHL Poussier deinen Knaben und leck mich am Arsch! Hab keine Angst, ich halt das Maul auch im Delirium. Aber ich wiederhole: Es wäre besser gewesen, wenn wir das Schwein nicht zuerst in den Wald, sondern gleich draußen im Fort –. Jetzt haben wir die Sauce im Auto, rot gebatikt.

SALM Kusch!

RÜBEZAHL Wir sind unter uns, Tante Frieda. Die einzigen Gäste. Hast du Geld? Ist das ein Dorf!

DAS FRÄULEIN Die Herren sind mit dem Auto gekommen?

HALEF Wir sind Geschäftsreisende. Wir vertreten eine große Lebensversicherung. Unser Chef ist ein jüdischer Kommerzienrat und jener neunzehnjährige Jüngling ist sein Sohn.

HORST Ich bin erst siebzehn.

HALEF Und was du schon für Hüften hast!

SALM Halef, es gibt Dinge, die jenseits des Witzes liegen.

HALEF Zu Befehl, Majestät! Ich fürchte nur, daß er die moderne Linie verliert.

DAS FRÄULEIN Daß sich die moderne Linie derart durchsetzt, ist nur eine Folge der Unterernährung. Der Kriegskost.

RÜBEZAHL Jaja, man sieht kaum mehr Busen.

DAS FRÄULEIN Sind Sie blind?

HALEF Ja, er ist blind. Ich hingegen sehe ungewöhnlich scharf.

KNORKE Ich auch.

HALEF *umarmt sie:* Ha du, als wär kein Krieg gewesen! Ich liebe den Frieden. Du kannst mal mit mir fahren, im Auto.

DAS FRÄULEIN Nein, das ist mir zu gefährlich.

RÜBEZAHL *scharf:* Wie meinen Sie das?

DAS FRÄULEIN *droht mit dem Finger:* Nanana, Sie ganz Böser! Sie können mich nicht hypnotisieren. Ich fahre aus Prinzip mit keinem Herrn mehr durch die Nacht. Da war einmal ein Chauffeur, ein geborener Österreicher, der lud mich ein zur Mondscheinpartie und auf der Landstraße wollte er mich vergewaltigen. Ich habe gesagt: Mein Herr, das kann man nicht so ohne weiteres. Er hat gesagt: Ist das aber eine Hure! Und dann hat er mich auch noch beschimpft.

SLADEK *kommt.*

DAS FRÄULEIN Guten Abend der Herr!

SLADEK *bleibt stehen:* Guten Abend.

KNORKE Sladek! Hier! – Nun?

SLADEK Ich bin da. Ich halt mein Wort. Ich bin bereit.

KNORKE Das freut uns außerordentlich.

SALM Haben wir noch Benzin?

HALEF Dreieinhalb Tropfen. Nicht ganz.

SALM *zu Horst:* Kauf das bessere Öl. Nimm Halef mit.

HORST UND HALEF *ab.*

RÜBEZAHL Wir brauchen bald ein neues Auto.

KNORKE *zu Sladek:* Und wie geht es der gnädigen Frau?

SLADEK Es ist aus. Radikal.

KNORKE Man gratuliert.

SLADEK Danke.

DAS FRÄULEIN *spielt am Grammophon die Träumerei von Schumann.*

KNORKE Du weißt, was mit einer gnädigen Frau geschieht, die Soldaten vor dem Feinde verrät?

SLADEK Sie hat noch nichts verraten.

KNORKE Aber sie wird uns verraten.

SLADEK Wenn sie uns verrät, so gebührt ihr nichts anderes.

KNORKE Soll man warten, bis einen der Feind vernichtet?

SLADEK Nein. In der Natur wird gemordet, das ändert sich nicht.

SALM Wir sind Natur.

KNORKE Du bist auch Natur.

SLADEK Ja.

KNORKE Also?

SLADEK Also.

SALM Zur Sache.

KNORKE Du wartest hier. Wir haben es nur zu melden und sind in zwei Stunden wieder da. Dann erlauben wir uns, der gnädigen Frau unsere Aufwartung zu machen. Du hast doch den Schlüssel?

SLADEK Ja.

KNORKE Du läßt die Haustüre offen. Verstanden? Wir warten unten zehn Minuten, dann wirst du einen Pfiff hören, und dann sind wir auch schon droben. Die zehn Minuten brauchen wir, du mußt ihr etwas vorspielen, damit sie nur nichts ahnt und schreit. Sie ist nämlich raffiniert, das weißt du ja. Sag ihr, du seiest zurückgekehrt, hättest alles bereut – es ist alles ungeschehen und du liebst sie, verstanden?

SLADEK Ja.

SALM Sladek. Falls du es dir überlegen solltest –

SLADEK *unterbricht ihn:* Ihr müßt mir nicht drohen. Ich

hab keine Angst. Ich hab mir das alles genau überlegt und kann selbständig denken. Das ist anerkannt.

SALM Das spielt keine Rolle.

SLADEK Oho!

SALM Zahlen! Es wird Zeit.

DAS FRÄULEIN Alles zusammen?

SALM Wir sind eine Familie.

RÜBEZAHL Sein Vater ist mein Sohn.

KNORKE *zu Sladek:* Also: in zwei Stunden. *Ab.*

SLADEK Auf Wiedersehen.

SALM *zu Rübezahl:* Auf! Los, sonst weint der General. *Ab.*

RÜBEZAHL *sauft aus:* Herr General. Wir brauchen ein neues Auto. Einen Autobus. *Ab.*

DAS FRÄULEIN Auf Wiedersehen die Herren! Auf Wiedersehen! *Sie beschäftigt sich mit ihrem Strumpfband.*

SLADEK *beobachtet sie:* Auf Wiedersehen.

DAS FRÄULEIN Der Herr kennt die Herren? Das waren doch Soldaten? Nicht? Oder? – So antworten Sie doch! Sind – Sie taub?

SLADEK Ja.

DAS FRÄULEIN Die Männer heutzutag sind alle originell. – Was wünscht der Herr? Trinken wir eine Flasche Wein?

SLADEK Was kostet das?

DAS FRÄULEIN Eine Milliarde.

SLADEK Und, was kosten Sie?

DAS FRÄULEIN Wie meint das der Herr?

SLADEK Wenns nicht stimmt, so sagen Sies nur. Ich hab gehört, daß Sie sich für eine Milliarde ausziehen.

DAS FRÄULEIN Manche Herren trinken lieber Wein.

SLADEK Ich nicht. Ich krieg nämlich keinen Rausch. Ich spei nur alles voll.

DAS FRÄULEIN Ist das so schlimm? Dann ziehe ich mich lieber aus.

SLADEK Eine Milliarde ist viel Geld.

DAS FRÄULEIN Der Herr sind Kaufmann?
SLADEK Ich bin kein Schieber.
DAS FRÄULEIN Also redlich verdient?
SLADEK Nein.
DAS FRÄULEIN Geschenkt?
SLADEK Nein.
DAS FRÄULEIN Es geht mich auch nichts an.
SLADEK Ich hab die Milliarde gestohlen. Ich kenn nämlich eine Witwe, die hat noch drei im Schrank. Sie verdient sehr schön und liebt mich, das heißt: Eigentlich gibt es keine Liebe. Man muß nur selbständig denken. Es ist ein glattes Geschäft. Sie hat sich den Sladek gekauft. Ich hab mich ihr ganz gegeben, aber sie ist so eifersüchtig, daß ich nicht zum Arbeiten komm. Sie will herrschen, drum läßt sie mich um jede Million betteln. Da hab ich die Milliarde gestohlen, sie gehört mir, ich bin im Recht. Gib mir eine Zigarette.
DAS FRÄULEIN Du gefällst mir immer besser. Gib mir die Milliarde.
SLADEK Zieh dich aus.
DAS FRÄULEIN Hernach.
SLADEK Nein. Hernach wird man geprellt.
DAS FRÄULEIN Du hast viel mit schlechten Frauen verkehrt.
SLADEK Eigentlich nur mit Huren.
DAS FRÄULEIN Pfui! Sowas sagt man nicht!
SLADEK Sie weiß, daß ich fort will, aber sie sieht es nicht ein. Ich bin zu rücksichtsvoll. Alles hat ein End. Diesmal radikal. – Weißt du, was das Furchtbarste ist? Wenn man will und nicht kann.
DAS FRÄULEIN *lacht.*
SLADEK Lach nicht!
DAS FRÄULEIN Das ist doch komisch!
SLADEK Nein, das ist tragisch. Wenn etwas schon lange tot

ist, vielleicht nie gelebt hat, und man redet damit, als wärs gesund. Ich bin nicht feig und wollt nie Theater spielen und habs doch getan. Sie hat es gewußt, daß sie nur winseln muß und ich verlier die Kraft. Weil ich ein anständiger Mensch bin, zu guter Letzt. Aber damit Geschäfte machen, das ist ein Verbrechen.

DAS FRÄULEIN Du mußt wenig gearbeitet haben, um auf solche Gedanken zu kommen.

SLADEK Ich hab noch nie richtig gearbeitet. Sie hat es nicht gern gesehen, daß ich was verdien. Sie hatte Angst, ich könnt ohne sie leben. Sie hat mich lieber ausgehalten, das ist das berühmte mütterliche Gefühl. Auch so ein Verbrechen.

DAS FRÄULEIN *beugt sich über ihn:* Sprich nicht mehr. Das ist mir alles zu hoch. Gib mir die Milliarde –

SLADEK Du hast so eine schöne Haut –

DAS FRÄULEIN Ich bin auch ein Sonntagskind.

SLADEK Ich nicht. – Du bist so weich.

DAS FRÄULEIN Das hat jede Frau.

SLADEK Nein, nicht jede.

DAS FRÄULEIN Was der kleine Mann für große Augen hat. Schau mich an. Wohin schaust du denn?

SLADEK Ich schau dich an.

DAS FRÄULEIN Nein.

SLADEK Doch.

DAS FRÄULEIN Du schaust mich an und doch nicht an. Hinter mir ist nichts. Ich glaube, du findest den richtigen Kontakt zum Weibe nicht.

SLADEK Möglich.

DAS FRÄULEIN Gib mir die Milliarde, dann zieh ich mich aus.

SLADEK *gibt sie ihr.*

DAS FRÄULEIN *küßt ihn.* Danke. *Sie zieht sich aus.* Du bist ein einsamer Mensch. Du mußt öfters kommen, sonst wirst du noch melancholisch. Das Weib ist die Krone der Schöpfung.

SLADEK Zieh dich ganz aus.

DAS FRÄULEIN Nein. Heute regnet es, und ich bin sehr empfindlich.

SLADEK Zieh dich ganz aus.

DAS FRÄULEIN Nein! Ich werde krank.

SLADEK Ich hab dir die Milliarde gegeben und du hast versprochen –

DAS FRÄULEIN *unterbricht ihn:* Nichts habe ich versprochen! Willst du, daß ich mir den Tod hole?

SLADEK Das geht mich nichts an! Ich laß mich nicht betrügen!

DAS FRÄULEIN Schreien Sie nicht so mit mir, Sie!

SLADEK Kusch, Krone der Schöpfung!

DAS FRÄULEIN Ich bin doch kein Hund! Ich bin ein Mensch, Sie! Hinaus! Zurück oder ich schrei! Ich schrei, du Lump, du Dieb! Hier wird nicht gehaßt, hier wird geliebt! *Sie schreit.*

IV
Bei Anna

Sie liegt im Bett. Auf der Straße hält ein Auto. Sie lauscht und richtet sich auf.

SLADEK *tritt ein.*

Stille.

ANNA Guten Abend, Sladek.

SLADEK Guten Abend, Anna.

Stille.

ANNA Ich dachte, du bist Soldat. Und schon in Uniform.

SLADEK Nein. – Es ist offen, vorne, das Hemd.

ANNA *knöpft es rasch zu.*

SLADEK Laß es nur.
ANNA Ja, es wird nichts geschehen.
SLADEK Anna –. Ich bin gekommen, um wieder bei dir zu bleiben.
ANNA *starrt ihn an:* Das ist nicht wahr.
SLADEK Doch.
ANNA *sieht sich ängstlich um:* Wo warst du?
SLADEK Bei den Soldaten. Ich hab mir das alles überlegt.
ANNA *steht plötzlich auf, wirft sich rasch ein Tuch um, behält ihn aber immer im Auge; tritt zu ihm:* Was willst du von mir? – Was denkst du jetzt?
SLADEK Daß alles wieder gut wird.
ANNA Das gibt es nicht.
SLADEK Ich hab dich lieb.
ANNA Nein. Nein.
SLADEK Ich lüg nicht.
ANNA Heute abend hättest du mich erschlagen können.
SLADEK Ich hab dich nie gehaßt.
ANNA Doch. Und mit Recht. Ja, mit Recht.
Stille.
Ich bin daran schuld. Es war nicht recht von mir, daß ich dich mit aller Gewalt hielt, daß ich daran dachte, mit dir ein Leben lang zusammen – Ich hätte längst abtreten müssen, aber ich dachte nur an mich. Ich hab dich gequält, ich war dir überall im Weg. Ich hab über dich bestimmt, jetzt ist es mir, als hätt ich das alles berechnet. Verzeih mir. Es ist mir plötzlich klar geworden. Klar. Klar.
Stille.
Geh, bitte. Es hat keinen Sinn, daß du bei mir bleibst. Das ist sicher nur so ein plötzliches Gefühl für mich, das bildest du dir ein. Es ist aus. Warum bin ich nicht zwanzig Jahre jünger? Warum hab ich dich damals getroffen? Es war ein reiner Zufall, das Leben ist

grausam. Nein, nicht du – ich hab dich genommen, ich hab mich an dich gekettet, ich hab dir alles gegeben, alles verlangt. Und dann hab ich immer etwas gesucht, es ist dir nicht aufgefallen. Du bist eine andere Welt. Du siehst anders, hörst anders, denkst anders. – Geh, Sladek. Geh, wohin du willst. Es ist wirklich nicht schön hier. Ich halt dich nicht. Marschier mit deinen Soldaten, ich werde keine einzige versteckte Patrone anzeigen, ich geh auch nicht zu den Polen, ich verrate nichts. Geh, bitte. Ich bleib zurück.

Der Pfiff ertönt.

SLADEK *wie versteinert.*

ANNA Du bist jung. Ich bin schon grau. Zwischen uns stehen hundert Jahr.

SALM, HORST, RÜBEZAHL *erscheinen und stürzen sich auf Anna.*

SALM Drauf!

ANNA Sladek! Was ist das?! Was ist das?!

RÜBEZAHL Das ist das!

ANNA Hilfe! Hilfe – au!

RÜBEZAHL Das Mensch plärrt!

ANNA Sladek! Sladek!

SLADEK Halt!

SALM *mit dem Revolver; zu Sladek:* Zurück! Zurück!

RÜBEZAHL *ersticht Anna:* Verrat uns! Verrat uns! Vieh!

ANNA *bricht zusammen und winselt:* Au – Sladek, du schlechter Mensch – Du, du du – *Sie stirbt.*

Stille.

SALM *zu Sladek:* Hände hoch! Was sollte das Halt?

SLADEK Weil sie unschuldig war.

SALM Das gibt es nicht.

SLADEK Doch.

SALM Seit wann?

SLADEK Seit zwei Minuten.

SALM Und?
SLADEK Ihr könnt nichts dafür.
SALM Das rettet dich, du Idiot. Sonst –
SLADEK *unterbricht ihn:* Ich hab keine Angst. Ich bin nicht feig. In der Natur wird gemordet, das ändert sich nicht. *Stimmen unten.*
HORST Da spricht wer.
SALM Rasch! Fort!
RÜBEZAHL Sie hat sich bemacht.
SLADEK Radikal.

Ende des ersten Aktes

Zweiter Akt

V

Im Hauptquartier der schwarzen Armee

Ein Fort. Sladek ist noch in Zivil. Er steigt mit Halef, Horst und Rübezahl unter die Erde hinab.

SLADEK Wann faß ich meine Uniform?

RÜBEZAHL Das wird eine Galauniform, du Gardist!

HALEF Mit Fangschnüren und Pour le mérite. Nimm Platz, Herr Sladek. Wir sind bei Muttern. Drei Meter unter der Erde.

SLADEK *setzt sich:* Ich dachte, sechs Meter.

HALEF Vielleicht. Auch das. Wie gesagt.

RÜBEZAHL Jetzt möcht ich mich rasieren.

SLADEK Ist das hier das Fort, das Hauptquartier?

HALEF Zu Befehl. Wir sind noch ungeborene Seelen. Wir warten auf den Storch und hoffen, nicht abgetrieben zu werden. Ich quatsch viel. Bist du auch nervös?

SLADEK Nein.

HORST Es hat stark geregnet, zuvor.

HALEF Ob es noch immer regnet? Wenn ich was geworden wär, wär ich Komiker geworden. Man muß sich nur auslachen lassen und verdient Geld.

SLADEK *ernst:* Das ist sehr komisch.

HALEF Ja.

RÜBEZAHL Ich möcht wiedermal auf eine Redoute. In Frack und steifer Brust. Ab und zu verblöde ich, dann möcht ich Großkaufmann sein. Konfektion.

HALEF Du warst doch Reisender?

RÜBEZAHL Kurz –

HALEF Weißt du, was mir an dem Fräulein mißfällt? Daß sie braune Zähne hat.

SLADEK Sie hat keine Seele. Sie betrügt.

HALEF Hast du eine Seele?

SLADEK Was ist das: Seele?

HALEF Du hast doch soeben gesagt, daß das Fräulein keine Seele hat!

SLADEK Ich?

RÜBEZAHL Du! Heilige Großmutter Gottes!

SLADEK Ich muß mich versprochen haben.

HORST Frauen sind Formen. Sie regen uns an.

SLADEK Wenn sie nur anregen würden. Zum Beispiel diese Anna –

RÜBEZAHL *unterbricht ihn:* Halt das Maul! Halt das Maul!

HALEF Mein Herr. Es ist hier Sitte, daß man darüber nicht spricht, zumindest inoffiziel nicht. Du mußt dich den Gesetzen des gesellschaftlichen Lebens fügen.

Stille.

HORST Ob es noch immer regnet?

RÜBEZAHL Zu guter Letzt sind dic Dreckjuden selbst daran schuld.

HALEF Nicht?

HORST Ja.

SLADEK Wann faß ich die Uniform?

HALEF Es müssen noch einige Formalitäten erledigt werden.

SLADEK Was für Formalitäten? *Er erhebt sich.*

RÜBEZAHL Halt! Wohin?

SLADEK Ich muß mal.

HALEF Du bleibst.

SLADEK Aber ich muß –

HALEF Beherrsch dich.

SLADEK Wieso?

HALEF Wir haben Befehl, einen gewissen Sladek schärfstens zu bewachen. Du bist gefangen.

SLADEK Gefangen?

HALEF Vorerst.

SLADEK Was hab ich denn getan?

HALEF Eine große Dummheit, du Idiot. Was hast du gesagt, Rindvieh? Daß sie unschuldig war, hast du gesagt. Das hat der Salm sofort dem Hauptmann gemeldet. Es gibt viele Unschuldige, du Trottel. Auch an Halsentzündungen sterben Unschuldige, aber so darf man nicht denken, du Maulesel.

SLADEK In der Natur wird gemordet, das ändert sich nicht.

RÜBEZAHL Wie oft sagst du das in einer Stunde?

HALEF Es dreht sich ja nur um Formalitäten, aber solche Formalitäten werden hier mit besonderer Liebe behandelt.

Stille.

SLADEK *hat sich wieder gesetzt; zu Halef:* Bist du Türke?

HALEF Ich?

SLADEK Ja. Weil du Halef heißt. Ich kannte einen Halef, der hat türkischen Honig verkauft. Aber der hieß eigentlich auch nicht Halef.

HALEF Ich verkaufe türkischen Honig und bin ein geborener Sachse.

SLADEK Dresden soll schön sein.

HORST Wer war schon in Nürnberg?

RÜBEZAHL Nürnberg ist schön.

HORST Ja. Dort haben sie eine herrliche Folterkammer in der Burg. Ich habe nach der ersten Kommunion meine Großmutter besucht, die lebt in Nürnberg. Die kennt jede Daumenschraube, die hat mir das alles erklärt. Meine Mutter hat Krämpfe bekommen, ich und meine Großmutter haben lachen müssen. Zum Beispiel die eiserne Jungfrau –

HAUPTMANN, SALM, KNORKE *kommen.*

RÜBEZAHL *ab, knapp an Hauptmann vorbei, ohne ihn zu grüßen.*

HAUPTMANN *hält einen Augenblick und sieht ihm nach; tritt dann rasch auf Sladek zu, der sich erhoben hat:* Sladek, ich habe erfahren, daß du der Überzeugung bist, die Landesverräterin Anna Schramm sei unschuldig hingerichtet worden.

SLADEK Sie wollt nichts verraten, hat sie mir gesagt. Ich glaub keiner Frau, aber diesmal wars eine außerordentliche Ausnahme.

HAUPTMANN Sie war also unschuldig?

SLADEK Ja.

HAUPTMANN Und?

SLADEK Da gibts kein Und. Es läßt sich nämlich nichts ändern.

HAUPTMANN Und wenn es sich ändern ließe?

SLADEK Man kann nicht.

HAUPTMANN Du hast Halt gerufen. Weißt du, daß man unter Umständen mit einem solchen Halt die nationale Revolution vernichten kann?

SLADEK Daran hab ich nicht gedacht. Ich hab nur an die Gerechtigkeit gedacht. Es war mir plötzlich, als wären meine Ansichten über die Natur falsch und ich hätt die Wahrheit vergessen. Ich kann nämlich selbständig denken –

HAUPTMANN *unterbricht ihn:* Halt das Maul! Du hast nicht selbständig zu denken! Du bist Soldat. Dreitausend Sladeks sind erst ein Regiment. Du bist nur ein Teil. Selbständige Teile sind überflüssig, also schädlich, also werden sie vernichtet. Verstanden?

SLADEK Ja.

HAUPTMANN Und betreffs der Unschuld deiner Anna Schramm: Für das Vaterland muß jeder Soldat jede Schuld tragen. Jederzeit.

SLADEK Man kann ja nichts dafür.

HAUPTMANN Du hast dafür zu können! Das ist deine Pflicht! Du weißt, was Pflicht ist? Gehorchen. Bedingungslos. – Solltest du dich noch einmal unterstehen Halt zu rufen, so sperre ich dich ein bis zum Jüngsten Gericht. Du weißt, wohin, Abtreten! *Er läßt ihn stehen.*

SLADEK *zu Halef:* Darf ich jetzt austreten?

HALEF Du darfst. Halt! Glaubst du an das Jüngste Gericht?

SLADEK Nein. Ich bin nicht religiös. *Ab.*

HAUPTMANN *zu Salm:* Du hast diesen Krüppel gebracht, behalt ihn.

SALM Danke.

HAUPTMANN Er hat sich bereits außerordentlich bewährt und kann selbständig denken.

KNORKE Freilich ist er blöd, aber besser blöd als feig. Ich kannte seinen Bruder, wir haben nebeneinander gewohnt, als ich aus Tsingtau kam, vor dem Krieg. Der war sehr klug und gebildet, aber im Felde mußte man ihn hängen, weil er bei einem Sturmangriff seinen Feldwebel von hinten erschossen hat. Die Sladeks sind alle verbittert. Es war mal eine bessere Familie.

HAUPTMANN Ich wiederhole: Die Art dieser letzten Bestattung ist in ihrem unglaublichen Leichtsinn nicht zu überbieten. Ihr habt gesoffen?

SALM Keinen Tropfen.

HAUPTMANN So seid ihr gefährlich großzügig. – Ich bin von lauter Verrätern umgeben, aber ich fange immer nur die Vorhut, an die Leitung komme ich nicht heran, ich bin zu ehrlich.

DER BUNDESSEKRETÄR *erscheint.*

SALM, KNORKE, HALEF, HORST *ab.*

Stille.

HAUPTMANN *fixiert den Bundessekretär.* Sie kommen aus Berlin?

DER BUNDESSEKRETÄR Von der maßgebenden Stelle.

HAUPTMANN Sie sehen: Ich bin bereit.

DER BUNDESSEKRETÄR Danke.

HAUPTMANN Schnarcht die maßgebende Stelle noch? Sie wird unter dem Sowjetstern erwachen.

DER BUNDESSEKRETÄR Die politische Verantwortung fordert, für die bewaffnete Aktion den günstigsten Augenblick abzupassen.

HAUPTMANN Ich warte.

DER BUNDESSEKRETÄR Wir haben zwar die Ministerliste, aber die Führer der Verbände müssen noch manche Frage bereinigen.

HAUPTMANN Ich warte.

DER BUNDESSEKRETÄR Die sind sich noch nicht einig, Nord und Süd!

HAUPTMANN Ich warte. Vorerst!

DER BUNDESSEKRETÄR Das wissen wir. Deshalb bin ich da.

HAUPTMANN Freut mich!

DER BUNDESSEKRETÄR Umso besser! Sie sind ein Mensch, dem man ab und zu seine Lage klar machen muß. Sie samt Ihren Soldaten unterstehen einer maßgebenden Stelle, die die geheime, gegen alle außenpolitischen Verpflichtungen erfolgte Aufstellung Ihrer Armee vor der Republik mit dem Schutze vor äußeren Feinden begründet, in Wahrheit aber die nationale Diktatur erstrebt. Offiziell muß die maßgebende Stelle republikanisch tun, um inoffiziell die Republik unterhöhlen zu können. Offiziell tragen Sie die Verantwortung, inoffiziel befiehlt die maßgebende Stelle. Sie können praktisch nur bestehen, weil und solange Sie offiziell nicht bestehen. Vorerst existieren Sie überhaupt nicht.

HAUPTMANN Danke. Die maßgebende Stelle ist feig. Sie betet um die nationale Revolution, aber drückt sich vor jedem festen Entschluß. Das liegt an der Berliner Luft.

DER BUNDESSEKRETÄR Und der preußischen Regierung.

HAUPTMANN Es muß kommen, wie in Ungarn.

DER BUNDESSEKRETÄR Die Diktatur. Plebs bleibt Plebs. Gäbs keine Neger am Rhein und keine Inflation, fühlten sich unsere lieben Deutschen in Schwarzrotdreck sauwohl.

HAUPTMANN Nie. Ich glaube an den zweiten Befreiungskrieg. Mit dem Sturze der Republik stürzt auch Versailles.

DER BUNDESSEKRETÄR Kaum.

HAUPTMANN Oho!

DER BUNDESSEKRETÄR Kaum, Hauptmann. Unsere Truppen und vor allem unsere Waffen reichen wohl zur Niederschlagung des inneren, aber niemals des äußeren Feindes. Die nationale Diktatur wird die Erfüllungspolitik der Rathenau und Genossen weiterführen müssen. Predigen wir das Gegenteil, so nur als Propaganda. Wir lügen dabei nicht, denn zu guter Letzt ist alles möglich. *Stille.*

HAUPTMANN Ich sehe, man treibt mit mir wieder ein unehrliches Spiel. Ich glaube, die maßgebende Stelle wäre sogar imstande, mich dem Staatsgerichtshof zum Schutze der Republik auszuliefern.

DER BUNDESSEKRETÄR Wenn Sie ohne Erlaubnis anfangen wollten zu existieren, ja.

HAUPTMANN Wenn alles mißglückt, jederzeit. Dann wird an meine nationale Treue appelliert, damit ich alles allein verantworten darf. Auch meine Justiz.

DER BUNDESSEKRETÄR Was für Justiz?

HAUPTMANN Spielen Sie nicht die unberührte Jungfrau, Feigling. Leute wie Sie sollten politisch links stehen. Sagen Sie der maßgebenden Stelle einen schönen Gruß, und wenn sich die vertrottelten Oberlehrer und verkalkten Exzellenzen in den Bünden und Verbänden,

Orden und Parteien nicht bald einigen, dann fange ich an zu existieren! Die nationale Bewegung wäre ein Debattierklub ohne meine Arbeit! Ich habe die Truppen gesammelt, ich habe die Gewalt, ich bin die Macht! Ich marschiere auch allein! Die nationale Revolution bin ich! Ich und meine Kameraden, der Landsknecht hat schon einmal einen Staat gerettet, wir haben Spartakus erschlagen, im Baltikum gekämpft, in Oberschlesien – und?! Wir lassen uns nicht wieder vogelfrei vertreiben, verachtet, verspottet, verdreckt!

DER BUNDESSEKRETÄR *lächelt sarkastisch; verbeugt sich steif und rasch ab.*

HAUPTMANN *allein; starrt ihm nach; geht auf und ab.*

Trompetensignal.

HAUPTMANN *hält und lauscht; grinst; knurrt.* Ich marschiere, ich marschiere –

HALEF *kommt:* Hauptmann!

HAUPTMANN Was gibts?

HALEF Der Salm läßt fragen, was mit dem Kerl geschehen soll, den der Posten gestern beschlagnahmt hat – der drunten liegt. Er hat soeben gestanden, daß er uns für fünfzig Dollar an die Interalliierte Kontrollkommission verraten wollte.

HAUPTMANN Das hat er gelogen. Der verrät nichts für fünfzig Dollar, das habe ich gleich gesehen. Hinter dem steht eine andere Macht. – Man muß ihn mit besonderer Vorsicht verhören.

HALEF Soll er noch geprügelt werden?

HAUPTMANN Wer hat ihn geprügelt?

HALEF Ich nicht.

HAUPTMANN Wer?

HALEF Rübezahl.

Stille.

HAUPTMANN Du. Ist das wahr, daß dieser Rübezahl gedroht hat, mich für den Fall, daß er kein Geld von mir bekommt, glattweg niederzuknallen?

HALEF Er war besoffen.

HAUPTMANN Besoffen oder nüchtern! Du hast das gehört?

HALEF Ich war dabei.

HAUPTMANN Ich muß darauf bestehen, daß mir dergleichen sofort gemeldet wird!

HALEF Ruhe, Herr General! Ruhe. Wagst du, einen derart verdienstvollen Mann zu bestrafen, und wenn ja, kannst du es denn? Nein. Du kannst dich nur lächerlich machen. Sonst nichts.

RÜBEZAHL *erscheint:* Majestät. Ich hab soeben gehorcht. *Er grinst.*

HAUPTMANN Du bekommst deinen Teil.

RÜBEZAHL Das klingt komisch.

HAUPTMANN Abtreten.

RÜBEZAHL Drohst du mir? Du? Mir?

HAUPTMANN Nein. Denn ich habe Angst, daß du mich niederknallst.

RÜBEZAHL *grinst:* Fürchte dich nicht, Liliputaner!

HAUPTMANN Zurück! Hinaus!

RÜBEZAHL Bell nicht, Pintscher! Bell nicht, sonst schlag ich dir die Koppel um das Maul, daß dir das Gott-mit-uns in der Fresse steht!

HAUPTMANN *fixiert ihn; beherrscht sich; rasch ab.*

VI
Immer noch unter der Erde

Franz lehnt an der Wand. Hauptmann kommt. Sladek folgt ihm mit aufgepflanztem Seitengewehr und hält in der Türe als Wache. Endlich in Uniform.

HAUPTMANN Sie haben also gestanden, daß Sie für fünfzig

Dollar der französischen Spionagezentrale Material über geheime Rüstungen beschaffen sollten?

FRANZ Sind Sie hier das Oberkommando?

HAUPTMANN Ja.

FRANZ Werde ich wieder geprügelt?

HAUPTMANN Ich werde mich nicht entschuldigen, daß Sie mißhandelt worden sind, aber ich mißbillige es.

FRANZ Ich verlange, vor ein ordentliches Gericht gestellt zu werden.

HAUPTMANN Sie werden nach einem ordentlichen Gesetze bestraft.

FRANZ Ich verlange, nach dem Strafgesetzbuch abgeurteilt zu werden.

HAUPTMANN Solange das Strafgesetzbuch von der Interalliierten Militärkommission zensiert wird, solange bin ich das ordentliche Gericht im Namen des deutschen Volkes.

FRANZ Dazu haben Sie kein Recht.

HAUPTMANN Machen Sie sich nicht lächerlich.

FRANZ So schlachten Sie mich doch ab. Was wollen Sie denn noch von mir?

HAUPTMANN Sie werden nicht geschlachtet.

FRANZ Nein. Totgeprügelt.

HAUPTMANN Nein. Sie werden begnadigt. Unter einer Bedingung.

FRANZ Es gibt keine Bedingung, unter der ich begnadigt werden könnte.

HAUPTMANN Hier bin ich der Herr.

FRANZ Machen Sie sich nicht lächerlich.

HAUPTMANN Ich pflege mich nicht lächerlich zu machen, Sie! Ich verbitte mir jede Unverschämtheit. Hier bin ich der Herr.

FRANZ Ich wollte Sie nur aufmerksam machen, daß Sie mich nicht begnadigen dürfen, weil Sie ja befürchten müssen, daß ich alle Ihre Geheimnisse verrate, sobald ich frei bin.

HAUPTMANN Sobald Sie frei sind, wird es keine Geheimnisse mehr geben. Ich warte nur auf das Signal der maßgebenden Stelle. Morgen oder übermorgen. Sobald ich marschiere, sind Sie frei. Auf mein Ehrenwort. Allerdings: Unter einer Bedingung.

FRANZ Bitte?

HAUPTMANN Ich weiß, wer Sie sind. Auch ich habe meine Spione. Es ist gelogen, daß Sie das Vaterland für fünfzig Dollar verkaufen wollten. Sie hätten es auch ohne einen Papierpfennig verraten, Sie sind Agent der dritten Internationale.

FRANZ Nein.

HAUPTMANN Doch! Sie spielen nur die Rolle des gemeinsten Verräters, um Ihre Genossen zu schützen! Meine Bedingung lautet: Lassen Sie mich die Waffenlager der Kommunistischen Partei erfassen, und Sie sind auf der Stelle begnadigt. Auf Ehrenwort.

FRANZ Die Kommunisten haben keine Waffen mehr. Spartakus ist tot.

HAUPTMANN Gibt es keine rote Armee?

FRANZ In Rußland.

HAUPTMANN Und in Deutschland.

FRANZ Nein. Hier gibt es nur Schwarz oder Weiß. Ich bin kein Agent der dritten Internationale. Ich bekämpfe jeden Terror, auch den roten.

HAUPTMANN Mit was denn?

FRANZ Mit der Kraft der Idee.

HAUPTMANN Idiot.

FRANZ Danke.

HAUPTMANN Sie sind sogenannter Pazifist?

FRANZ Ja.

HAUPTMANN Sie verraten aus Prinzip?

FRANZ Aus Prinzip.

HAUPTMANN Die eigene Armee.

FRANZ Jede Armee.

HAUPTMANN Nein! Nur die deutsche. Den Verbrechern von Versailles.

FRANZ Ich hasse Versailles.

HAUPTMANN Aber verraten den deutschen Soldaten der Kontrollkommission.

FRANZ Nein! Ich kenne keine Kontrollkommission. Ich kenne auch keine deutschen Soldaten, ich kenne nur Landsknechte der Reaktion, deren Geheimnis ich enthüllen wollte – Sie zielen auf Versailles und treffen das deutsche Volk. Sie und Versailles erstreben dasselbe: Die ewige Entrechtung des vierten Standes.

HAUPTMANN Sie Narr!

FRANZ Sie haben nur fünftausend Mann. Glauben Sie, daß Sie ohne schwere Artillerie, ohne Flugzeuge, ohne Tanks und ähnliche Mordmaschinen, mit nur fünftausend Soldaten den Versailler Vertrag zerreißen können?

HAUPTMANN Hätte ich nicht die schwarze Armee, wäre das ganze Vaterland längst vom Feinde besetzt.

FRANZ Sie vergessen, daß Sie ein Geheimnis sind. Wie kann sich denn der Feind vor Soldaten fürchten, von deren Existenz er nichts wissen darf? Herr! Sie marschieren nur gegen das eigene Volk. Gegen die deutsche Republik.

HAUPTMANN Was ist das: Deutsche Republik? Die Republik ist die Hure der Juden und Jesuiten. Sie sind sogenannter Pazifist. Das heißt: Ein Schuft ohne vaterländisches Verantwortungsgefühl.

FRANZ Ich bin Pazifist. Das heißt: Stärkstes Verantwortungsgefühl für den einzelnen Menschen.

HAUPTMANN *schreit:* Und Verrat am Vaterland! Der Einzelne ist eine Null!

FRANZ *schreit:* Es geht um Millionen Einzelne! Das Volk ist das Vaterland, und Krieg ist das größte Verbrechen am Volk! Was das Volk aufbaut, wird zerstört durch den Größenwahn der Berufssoldaten und die rücksichtslose Kalkulation verrückter Aktionäre! Es ist falsch kalkuliert worden. Die Bücher wurden aber bereits überprüft und die Betrüger verurteilt. Bald wird das Urteil vollstreckt, im Namen des Volkes. Das ist noch keine Republik, das wird erst eine!

HAUPTMANN Krieg ist ein Naturgesetz.

FRANZ Und wäre es ein Naturgesetz, so bekämpf ich eben die Natur! Ich stelle gegen die Anarchie der Zerstörung das Gesetz des Aufbaus, die Ordnung gegen das Chaos! Sie wollen zurück, ich vorwärts! Sie wollen die nationale Diktatur, das Zurücksinken in den Schlamm niedrigster Instinkte – Sie werden scheitern, und sollten Sie noch so fest überzeugt sein, recht zu haben. Ich stelle den einen Weltstaat gegen den verbrecherischen Wahnsinn der Raubstaaten! Ich kämpfe mit den Waffen der Idee, Sie können mich totschlagen, die Idee stirbt bekanntlich nie, aber Ihre Waffen sind bereits verrostet und werden bald zu Staub. Ihre Zeit der Raubritter ist in Blut und Dreck zusammengebrochen – ihr Tag ist versunken. Es ist noch tiefe Nacht. Wer die Nacht überlebt, der wird die Diktatur der Menschenrechte schauen.

Stille.

HAUPTMANN *stiert ihn an:* Sie haben sich selbst überführt. Ich ließ Sie quatschen. Wagen Sie noch zu leugnen, ein Agitator Moskaus zu sein?

FRANZ Ich habe nichts mit Moskau zu tun.

HAUPTMANN Sie wollen die Bedingung nicht erfüllen?

FRANZ Ich kenne kein kommunistisches Waffenlager.

HAUPTMANN Lügen Sie nicht, Feigling!

Stille.

FRANZ Ist es nicht feig, mich hier so abzuschlachten?

HAUPTMANN Es geht um das Vaterland.

FRANZ Sie betrachten sich als Vaterland?

HAUPTMANN *fast etwas unsicher:* Ich kämpfe für das Vaterland. Für seine Größe, seine alte Macht. Das verstehen Sie nicht. Deutschland kann nur unter der nationalen Diktatur gesunden. Ihr Weltreich ist Mist – vielleicht ein schöner Traum. Ich habe mich mit diesen Sachen nicht so beschäftigt. Ich bin Soldat. Ich hab einen traumlosen Schlaf.

Stille.

Ich biete Ihnen eine letzte Gelegenheit: Wollen Sie auf meine Bedingungen eingehen?

FRANZ Ich kann ja nicht. Ich bin kein Kommunist. Ich gehöre keiner Partei an. Ich bin allein.

HAUPTMANN Das ist gelogen. Weshalb hätten Sie denn gesagt, Sie wollten alles für fünfzig Dollar verraten, wenn Sie niemanden zu beschützen hätten?

FRANZ Ich habe gelogen, weil ich wußte, daß es damit aus ist. Wenn ich gesagt hätte, daß ich Pazifist bin und kein gemeiner Verräter, so hätte man mich länger gequält. Ich wollte möglichst rasch totgeprügelt werden. Es war reiner Egoismus.

HAUPTMANN Pazifismus ist Egoismus.

FRANZ *lächelt:* Richtig. Ich bin zu meinem persönlichsten Vergnügen hier, wie Sie ja wissen.

Stille.

HAUPTMANN Sie sind verrückt. Glauben Sie denn, Sie Narr, daß es jemals Frieden geben wird?

FRANZ Nein. Das glaube ich nicht. *Er wankt etwas.*

HAUPTMANN *braust auf:* Machen Sie keinen Narren aus mir, Sie!

FRANZ Ich mache mir keinen Narren aus Ihnen. Ich

glaube, wir verstehen uns. Sie haben ja von Ihrem Standpunkte aus vollständig recht – es kommt aber nur auf die Höhe des Standpunktes an, und wie tief oder hoch man über dem eigenen Standpunkte stehen will – oder kann – *Er faßt sich an den Kopf.* Ich bitte das Verhör zu unterbrechen – auf kurze Zeit. Ich habe einen zu schweren Kopf. Man hat mir nämlich auf den Kopf geschlagen, das kommt davon – *Er lächelt und setzt sich.*

HAUPTMANN *starrt ihn an; wendet sich plötzlich ab:* Sladek!

SLADEK Zu Befehl!

HAUPTMANN Falls die anderen zurückkommen sollten, so melde ihnen, du hättest Befehl, daß niemand diesen Mann in irgendeiner Form verhören darf. Du hast das durchzuführen. Verstanden?

SLADEK Zu Befehl!

HAUPTMANN Hier verhöre nur ich. *Ab.*

Pause.

SLADEK *plötzlich:* Sie werden dich nicht mehr schlagen.

FRANZ *sieht ihn erstaunt an; spöttisch:* Ich danke sehr.

SLADEK Ich dank auch sehr, daß du mich nicht verraten hast.

DIE ZWEI *fixieren sich.*

SLADEK *lächelt.* Ja, daß du nämlich nicht gesagt hast, daß du mich kennst. Ich hätt dadurch Unangenehmes gehabt, ich wär nämlich leicht in einen Verdacht gekommen, der ja gar nicht stimmt, weil wir uns doch nur kennen, aber immer das Gegenteil denken.

FRANZ Wieso?

SLADEK Das weißt du doch.

FRANZ Nein.

SLADEK Das gibt es doch nicht.

FRANZ Wer bist du?

SLADEK Ich?
FRANZ Ja, du.
SLADEK Du kennst mich nicht?
FRANZ Nein.
Stille.
SLADEK Ich hab dich gleich erkannt. Ich bin der Sladek.
FRANZ Sladek? Kenn ich nicht.
SLADEK Du hast dich mal zur Diskussion gemeldet, man hätt dich fast erschlagen, aber das hätt mir leid getan, denn ich hab die Gerechtigkeit lieb, obwohl es sie nicht gibt. Wir haben debattiert, ich red nämlich nur gern mit intelligenten Menschen, die selbständig denken können, obwohl man das nicht soll. Ich bin nämlich ein sogenannter zurückgezogener Mensch. Ich erinner mich an jedes Wort.
FRANZ Ja, das war jene Diskussion. Aber an dich kann ich mich nicht erinnern.
SLADEK Das tut mir leid, daß du mich vergessen hast.
FRANZ *fast etwas spöttisch:* Ich bitte um Verzeihung, aber ich kenne so viele Menschen –
SLADEK *unterbricht ihn:* Bitte, bitte! Der einzelne zählt ja auch nichts, das ist natürlich, obwohl man da komische Erfahrungen machen kann.
Stille.
FRANZ Über was haben wir denn debattiert?
SLADEK Das läßt sich nicht so einfach sagen. Zum Beispiel über das Morden in der Natur, das sich nicht ändert, über das Versöhnen, das es nie geben wird, und über die Gerechtigkeit, die es auch nicht gibt, aber wie gesagt, man kann da komische Erfahrungen machen. Wir haben über Weltpolitik debattiert. Deine Nase hat geblutet.
Stille.
Es freut mich, daß du zuvor gesagt hast, du glaubst

nicht daran, daß es jemals Frieden geben wird, daß es also nur Gewalt gibt und sonst nichts. Daß du dich zu meiner Ansicht über den Sinn des Lebens bekehrt hast, das freut mich, denn du bist ein sogenannter intelligenter Mensch – Hörst du mich?

FRANZ *hatte den Kopf in den Händen vergraben; apathisch:* Ja.

SLADEK Es freut mich, daß ich wieder mit dir reden kann, hier komm ich kaum dazu, denn hier darf man nicht selbständig denken, es ist auch besser, aber man kann es sich nicht verbieten. Vielleicht leider.

Stille.

Der intelligente Mensch gibt seinen Denkfehler zu, ich denk heut auch etwas anders, obwohl ich immer recht gehabt hab, aber es war alles durcheinander. Nämlich ich hab den Fehler gemacht, daß ich mich in den sogenannten Mittelpunkt der Welt gestellt hab, mich, den Sladek, obwohl dieser Sladek nur ein Teil ist. Ich hab mich mit dem Vaterland verwechselt.

Stille.

Ich hab mir das alles genau überlegt. Der Einzelne ist nur ein Teil des Vaterlandes, und dieser Teil darf als Einzelner zum Beispiel nicht morden. Es wird zwar immer gemordet, weil man ja nicht anders kann, aber das darf der Einzelne nur als Teil, obwohl ja ganz zu guter Letzt alles für den Einzelnen ist. Es ist aber komisch, daß, wenn man sich als Teil selbständig macht, zum Beispiel beim Morden, man das Gefühl hat, als sollt man doch anders tun, obwohl man doch muß. Das ist sehr kompliziert.

Stille.

Hörst du mich?

FRANZ *wie vorher:* Ja.

SLADEK Das sind so Sachen. Das ist dein Fehler, daß du

sagst, du nimmst Rücksicht auf den einzelnen Teil. Wer das richtig tut, der muß sich zu guter Letzt selbst umbringen, denn es wird immer gemordet in der Natur. Dem geht es wie der Republik: Die will keinen umbringen, also wird sie umgebracht. Ohne Mord gibt es kein Leben, geht es nicht weiter. Es muß nämlich immer weiter gehen. Es wird zwar nicht besser, aber man weiß das nicht. Der einzelne Teil allein zählt nämlich nichts, man darf nur an das Ganze denken.

Stille.

Zum Beispiel für das Vaterland darf der Einzelne als Teil zum Beispiel jeden Mord begehen. Jederzeit. – Ich war mal bei der Hinrichtung einer Landesverräterin. Das war eine Frau.

FRANZ *horcht auf.*

SLADEK Das erzähl ich jetzt nur dir, weil du nämlich auch ein intelligenter Mensch bist und ich komm hier wie gesagt nicht dazu, darüber zu reden.

FRANZ Bitte.

SLADEK Eine Landesverräterin gehört im Interesse des Ganzen erledigt, das ist doch klar. Es war auch alles in Ordnung, auch wenn sie unschuldig gewesen sein sollte, aber wir konnten nicht anders, wir mußten sie hinrichten, das sind manchmal so Umstände. Auch Unschuldige müssen für das Ganze fallen, das wird nicht anders. Wir hatten recht. Das ist jetzt nur für dich persönlich, weil, wie gesagt, du selbständig denken kannst und vielleicht das verstehst. Nämlich ich versteh alles, nur das nicht, daß es mir manchmal ist, als hätten die Leut, die diese Frau hingerichtet haben, obwohl sie doch vollkommen im Recht waren, weil sie nicht anders tun konnten, doch Unrecht getan. Das ist sehr interessant.

FRANZ Sehr.

Stille.

Wer war diese Frau?

SLADEK Das ist Geheimnis. Dieses Ganze, verstehst du, ist nur unter uns –

FRANZ Meinst du?

SLADEK Das hab ich nur dir gesagt, bitte.

FRANZ Warum?

SLADEK Es ist nur unter uns. Unter uns beiden.

FRANZ *spöttisch:* Ich danke dir für das große Vertrauen.

SLADEK Du wirst mich nicht betrügen.

FRANZ Wieso?

SLADEK Bitte.

Stille.

FRANZ *nähert sich ihm:* Du betrügst dich selbst. Du denkst als Teil zu selbständig, davon werden Deinesgleichen blöd. Jetzt weiß ich, wer du bist.

SLADEK Jetzt erst?

FRANZ Du bist der Sladek.

SLADEK Ja.

FRANZ Das ist sehr interessant. Ich weiß auch, wer deine »Landesverräterin« war.

SLADEK Wer?

FRANZ Sie hieß Anna.

SLADEK Nein!

FRANZ Doch! Und ihr »Henker« heißt Sladek.

SLADEK Lüg nicht!

FRANZ Das ist sehr interessant, Herr Sladek, denn die Justiz hat noch keine Ahnung, daß dieses Verbrechen eine »Hinrichtung im Interesse des Vaterlandes« ist. Die Polizei nimmt Mord an, einen höchst »selbständigen« Mord.

SLADEK Ich bin kein Mörder.

FRANZ In der Natur wird gemordet, das ändert sich nicht. Die Polizei sagt, wie der Herr es in jeder Zeitung nachlesen kann, daß es ein verkommenes Subjekt namens Sladek war, das die mütterliche Liebe einer alternden Frau in egoistischster Weise ausnützte. Ein arbeitsscheuer Lump, ließ er sich aushalten und trieb sich mit ihren kleinen Ersparnissen, die er ihr aus dem Schranke stahl, mit Huren herum. Und weil sie das nicht mehr mitansehen wollte, hat er sie in bestialischer Weise ermordet. Die Hauseinwohner hörten Frau Schramm »Sladek«! rufen und fanden sie abgeschlachtet. Auf die Ergreifung des Mörders hat der Staatsanwalt eine Belohnung ausgesetzt.

SLADEK Wieviel?

FRANZ Viel.

Stille.

SLADEK Das ist alles nicht wahr. Das ist alles ganz anders gewesen.

FRANZ Das war alles für das Vaterland?

SLADEK Ja, aber es gibt keine Gerechtigkeit.

FRANZ Es gibt auch keine, aber wir haben Justiz und Polizei, solange es so selbständig denkende Sladeks geben wird.

SLADEK Es ist arg, daß man denken kann.

HAUPTMANN *kommt:* Ich sehe, Sie haben sich schon erholt. – Sladek! Was wollte er von dir? Bist du taub, Idiot?

SLADEK Er hat nur gefragt, wann er wieder verhört wird.

HAUPTMANN Jetzt. – Sie haben mich betrogen. Sie hätten sich gar nicht zu erholen brauchen.

FRANZ Ich habe Sie nicht betrogen.

HAUPTMANN Sie Komödiant. Sie mußten das Verhör abbrechen, weil Sie sich selbst widersprochen haben und nicht weiter fanden! Ich lasse nicht locker! Es dreht sich um Ihre Behauptung, Sie glaubten nicht, daß es jemals Frieden geben wird. Dabei haben Sie den Mut, mir einreden zu wollen, Sie seien kein Agent Moskaus und kämpften lediglich mit den ›Waffen der Idee‹, Sie seien Pazifist und predigten den ewigen Frieden! Antwort!

FRANZ Daß Sie sich über diesen scheinbaren Widerspruch derart den Kopf zerbrechen, hat wohl weniger seinen Grund in Ihrer unberechtigten Empörung, betrogen worden zu sein, als in dem berechtigten Gefühl, erkannt worden zu sein.

HAUPTMANN Ich verbitte mir das!

FRANZ Sie verstehen mich, das habe ich Ihnen bereits gesagt. Denn Sie sind ja ganz meiner Meinung, nur können Sie es nicht vertragen zu hören, wie Sie eigentlich denken, und deshalb wollen Sie mich zwingen, das Gegenteil zu behaupten.

HAUPTMANN Sie sind wirklich verrückt.

FRANZ *lächelt:* Ja, gemeingefährlich. Und was den ewigen Frieden anlangt, so glaube ich wirklich nicht daran, aber ich predige ihn, da ich zu guter Letzt an keinen Fortschritt glaube, weil ich weiß, daß es nur einen Fortschritt gibt, wenn man keine Rücksicht auf den einzelnen Menschen nimmt. Es dreht sich doch zu guter Letzt alles um den einzelnen Menschen, darum predige ich den radikalsten Fortschritt, das Reich der unpersönlichen Masse. Es gibt nämlich keinen Fortschritt, solange es die Einzelnen gibt. Das ist doch alles Betrug, nicht wahr? – Sie nehmen zwar keine Rücksicht auf den einzelnen Menschen, Sie sind die Diktatur. Sie predigen nicht den Frieden, Sie erklären den Krieg und glauben doch an keinen Fortschritt. Ich auch nicht. Aber vielleicht gibt es doch einen Fortschritt, und wir Beide täuschen uns nur. Das wäre doch möglich, nicht wahr? Die Pflicht abzutreten oder fanatisch das Gegenteil zu behaupten, sonst werden sie ja verrückt vor Verzweiflung oder Überhebung. Wir müssen bei einer bestimmten Grenze aufhören zu denken, das ist ein ungeschriebenes Gesetz. Ich habe kein Recht, das Hoffen des einzelnen Menschen auf den Frieden zu zerstören. Ich habe die Pflicht zum Betrug. Und ganz zu guter Letzt ist das ja gar kein Betrug, denn es dreht sich ja eigentlich nicht darum, wie es der Menschheit tatsächlich ergeht, sondern was sich der einzelne Mensch einbildet. Wir verstehen uns.

HAUPTMANN Nein. Ich bin kein Betrüger. Die nationale Diktatur wird dem deutschen Vaterlande seine stolze Weltmachtstellung zurückerobern, trotz aller überstaatlichen Mächte! Das ist mein Glaube!

FRANZ Ist das kein Betrug?

HAUPTMANN Ich verbitte mir das!

FRANZ Sie sind überzeugt, daß die Rückeroberung einer sogenannten stolzen Weltmachtstellung wirklich zu guter Letzt eine Besserung bedeutet?

HAUPTMANN Das »zu guter Letzt« geht mich nichts an!

FRANZ Sehen Sie!

HAUPTMANN Was?

FRANZ Denn zu guter Letzt dreht es sich hier nur um Ihre einzelne Person. Das wird Ihnen manchmal klar.

HAUPTMANN Wieso?

FRANZ Ich habe Ihnen schon gesagt: Die Zeit der Raubritter ist vorbei: Ihre Zeit. Sie werden scheitern, denn Sie müssen scheitern.

HAUPTMANN Was Sie nicht sagen, Sie Prophet!

FRANZ Ich glaube es zu wissen.

HAUPTMANN Das ist Ihr Betrug!

FRANZ *lächelt:* »Zu guter Letzt« vielleicht. Aber das »zu guter Letzt« geht mich nun nichts mehr an, da Sie Ihren Standpunkt verleugnen.

HAUPTMANN Was für Standpunkt?

FRANZ Höher oder tiefer. Sie haben kein Recht, um Ihrer einzelnen Person willen rücksichtslos nach Ihrer Erkenntnis zu handeln. – Vielleicht habe ich mich aber geirrt, und Sie können vielleicht gar keine Pflichten haben.

HAUPTMANN Quatsch! Du Idiot. Du Philosoph. – Und was meine Zeit betrifft, die du die Zeit der Raubritter nennst: Der letzte Beweis ist immer meine Faust!

FRANZ *lächelt:* Zu guter Letzt.

Stille.

HALEF *kommt:* Hauptmann!

HAUPTMANN Raus! Raus sage ich!

HALEF Quassel nicht, Herr General! Wir sind nämlich umzingelt.

HAUPTMANN Umzingelt? Wer? Wir?

HALEF *nähert sich ihm; unterdrückt:* Wir. Glotz nicht.

HAUPTMANN Wer hat uns umzingelt?

HALEF Die anderen. Sie sind in der Nacht gekommen, jetzt wird es Tag droben, da hat sie der Posten entdeckt. Sie haben Artillerie aufgefahren. Um das ganze Fort.

HAUPTMANN Was sind das für Soldaten?

HALEF Reguläre.

HAUPTMANN Reguläre?

HALEF Sie haben einen Parlamentär gesandt mit der weißen Fahne als hätten wir Krieg. Es stinkt, Herr General.

HAUPTMANN *stürzt hinaus.*

VII
Freies Feld

Der Bundessekretär und zwei reguläre Soldaten mit weißer Fahne warten auf den Hauptmann. Der Morgen graut. – Der Hauptmann kommt mit Halef, hält ohne zu grüßen und fixiert den Bundessekretär.

DER BUNDESSEKRETÄR *verbeugt sich leicht:* Hauptmann.

Im Auftrage der maßgebenden Stelle habe ich Ihnen den Beschluß zu überbringen betreffs Ihrer zukünftigen Verwendung, wenn ich mich so ausdrücken darf. Ihre sogenannte Armee wurde seinerzeit aufgestellt erstens als Grenzschutz, da ein etwaiger Einbruch irregulärer feindlicher Formationen befürchtet werden mußte, zweitens als eine Art Notpolizei, die die Aufgabe hatte, auf dem Lande versteckte Waffen zu sammeln oder im Falle eines bolschewistischen Aufstandes neben dem regulären Militär als Selbstschutz eingesetzt zu werden. Da sich aber nun die innerpolitische Lage überraschenderweise derart konsolidiert hat, daß zur Niederschlagung einer kaum zu erwartenden Linksrevolution die vorhandenen regulären Machtmittel des Staates vollständig ausreichen, andererseits die außenpolitische Lage –

HAUPTMANN *unterbricht ihn:* Das ist gelogen. Jedes Wort. Es ist eine Schande! Meine Soldaten sind keine Polizei, keine Nachtwächter, das ist die Armee der nationalen Revolution! Wir haben uns gefunden, nicht um diesen Staat zu schützen, sondern um diese Republik zu zertreten, wir kämpfen für die nationale Diktatur und nicht für die internationale Schweinedemokratie!

DER BUNDESSEKRETÄR – andererseits die außenpolitische Lage die Möglichkeit, wenn auch nicht einer Versöhnung, so doch der wirtschaftlichen Annäherung der Nationen erhoffen läßt. Wir Deutsche müssen trotz aller Demütigungen diesen Weg betreten aus nationalem Interesse, um die bürgerliche Wirtschaftsordnung zu festigen. Die maßgebende Stelle mußte sich also entschließen – dieser Entschluß fiel ihr nicht leicht – die sofortige Auflösung Ihrer, ich wiederhole: sogenannten Armee zu befehlen. Die maßgebende Stelle wird ihr möglichstes tun betreffs Unterbringung Ihrer Leute in einem bürgerlichen Beruf.

HAUPTMANN Danke.

Stille.

Das habe ich eigentlich erwartet, daß ich wieder verraten werde. Wir verzichten auf den bürgerlichen Beruf, dazu muß man geboren sein. Ich denke nicht daran, Verbrechern an deutschen Gedanken, und nennen sie sich auch maßgebende Stelle, zu gehorchen! Sagen Sie es ihr, daß ich auf die Festigung der bürgerlichen Wirtschaftsordnung pfeife, daß ich an keine Versöhnung glaube und daß ich kämpfen werde, bis Deutschland wieder gefürchtet wird!

DER BUNDESSEKRETÄR Ich mache Sie aufmerksam: Falls Sie sich nicht freiwillig auflösen, so haben wir die Gewalt, es zu erzwingen. Unter allen Umständen, mit allen Mitteln! Das Wohl des deutschen Volkes kommt vor Ihrem Landsknechtehrgeiz! Sie sind umzingelt und –

HAUPTMANN *unterbricht ihn:* Mit Artillerie! Ich weiche nicht! Sie sind in der Nacht herangeschlichen und wollen mich fangen, ich breche am hellichten Tage durch und trage die Fahne bis Berlin!

DER BUNDESSEKRETÄR Ich bitte Sie, nicht zu deklamieren. Ergeben Sie sich, oder Sie tragen die volle Verantwortung für ein völlig sinnloses Blutvergießen. Es ist deutsches Blut.

HAUPTMANN Sie sind kein deutsches Blut! Sie beugen sich vor Schwarzrotdreck! Ich beuge mich nicht! Lieber deutsches Blut vergießen, als die nationale Wiedergeburt vernichten! Ich fürchte mich nicht!

DER BUNDESSEKRETÄR Ich mache Sie aufmerksam, daß die Inflation anfängt aufzuhören. Ergeben Sie sich –

HAUPTMANN *unterbricht ihn:* Nein!

DER BUNDESSEKRETÄR Falls Sie sich fügen, so kann ich Ihnen inoffiziell erklären, daß ich für meine Person alles daransetzen werde, Sie vor Strafe zu bewahren. Sie verstehen mich?

HAUPTMANN Strafe? Strafe? Wofür? Daß ich mich nicht verraten lasse?!

DER BUNDESSEKRETÄR Sie sind ein Mensch, dem man ab und zu seine Lage klar machen muß –

HAUPTMANN *unterbricht ihn:* Ich verzichte! Ich sehe klar! Ich kenne Freund und Feind!

Stille.

DER BUNDESSEKRETÄR Ich gebe Ihnen Bedenkzeit.

HAUPTMANN Unnötig!

DER BUNDESSEKRETÄR Sollten Sie nicht die weiße Fahne hissen, so eröffnen wir, so weh es uns auch tut und so gerne wir es vermeiden möchten, das Feuer. Die Verantwortung tragen Sie, daß wir für das deutsche Vaterland gezwungen sind, auf deutsche Männer zu schießen.

HAUPTMANN Ich übernehme die Verantwortung.

DER BUNDESSEKRETÄR Sie werden sie tragen. *Ab mit den beiden regulären Soldaten.*

Pause. Morgenwind.

HAUPTMANN Diese Hunde! Diese Hunde! Die gemeinsten Verräter sitzen hinter den eigenen Kulissen! – Hast du gehört, daß sich die maßgebende Stelle versöhnen will?

HALEF Ja, das habe ich auch gehört.

HAUPTMANN Lauter Hunde! Glaubst denn du an den Frieden?

HALEF Ich weiß nichts.

HAUPTMANN Es hat keinen Frieden zu geben, Halef! Jetzt fangen wir an zu existieren! Wir! – Lauf zu Salm, er soll sofort mit den Seinen –

HALEF *unterbricht ihn:* Salm ist samt seiner Puppe und Herrn Rübezahl verschwunden, als es bekannt wurde, daß wir umzingelt sind. Fort. Ausgerückt.

HAUPTMANN Ausgerückt?

HALEF Hast du das gehört, was dieser Bonze sagte, das mit der Strafe?

HAUPTMANN Hast du Angst?

HALEF Ja. Ich hab Angst.

HAUPTMANN So verschwind, feiges Vieh!

HALEF Zu Befehl! Ich lös mich selbst auf. Das würde ich an deiner Stelle auch tun. *Ab.*

HAUPTMANN Halt das Maul! Noch bin ich nicht verreckt? Erst wenn mich die Würmer fressen, dann löse ich mich auf! Ich bin noch ich!

SOLDATEN DER SOGENANNTEN ARMEE *erscheinen.*

HAUPTMANN Soldaten! Die nationale Armee marschiert, trotz aller feilen Huren der Politik, die den lieben, der sie verachtet! Die regulären Regimenter knien vor Schwarzrotdreck – die eigenen Bundesbrüder haben uns umzingelt und drohen, uns in wenigen Minuten niederzuschießen, wenn wir nicht reuig um Gnade betteln. Wer sich ergibt, ist kein Soldat! Man will uns vernichten! Sie winseln um Frieden beim Feind und wollen uns für immer verbieten! Sie wollen es nicht, daß wir existieren, sie erdolchen uns zum zweiten Male, sie schämen sich der nationalen Revolution!

EIN SOLDAT *tritt vor:* Hauptmann! Ich bin Soldat. Ich kämpfe gegen den Feind. Ich hasse diese Republik, aber ich schieße nicht sinnlos auf deutsche Soldaten.

HAUPTMANN Das sind keine Soldaten, das sind Halunken!

DER SOLDAT Das sind Deutsche wie wir.

HAUPTMANN Wenn das noch Deutsche sind, dann ist jeder Rote ein Deutscher!

EIN ZWEITER SOLDAT Ist er auch! Ist er auch!

Stille.

HAUPTMANN Wer war das?

DER ZWEITE SOLDAT *tritt vor:* Ich.

HAUPTMANN Du, du Hund. Du Hund! *Er schlägt ihm vor die Brust, daß er zurücktaumelt.*
In der Ferne fällt ein Kanonenschuß.

EIN DRITTER SOLDAT *tritt vor den Hauptmann und drängt ihn langsam zurück:* Hauptmann! Ich ergebe mich. Ich mag nicht mehr. Ich war vier Jahr im Feld, der Krieg ist aus. Aus! Verstanden? Sie haben mich zu dir gezwungen, deine Herren Barone, sonst hätten sie meine Familie vernichtet, die feinen Herren Gutsbesitzer! Ich scheiß auf deine nationale Revolution! Jetzt ist Schluß mit dem Krieg! Ich geh nicht mehr unter die Erde, ich bin bei lebendigem Leibe verschimmelt!

HAUPTMANN *zieht den Revolver:* Zurück! Das ist Verrat vor dem Feind! Meuterei!

DER DRITTE SOLDAT *schlägt ihm den Revolver aus der Hand und gibt ihm eine gewaltige Ohrfeige:* Da hast du Verrat! Da hast du Meuterei!

HAUPTMANN *brüllt:* Wache! Wache!

DER DRITTE SOLDAT *ohrfeigt ihn:* Da hast du Wache! Da hast du Wache!
Kanonenschuß.

DER ZWEITE SOLDAT Wir fallen nicht für dich!

DER ERSTE SOLDAT Auf dem Felde deiner privaten Ehre!

DER DRITTE SOLDAT Auf keinem Felde eurer sogenannten Ehre! Kameraden! Die weiße Fahne! Die weiße Fahne!
Kanonenschuß.

SOLDATEN *fliehend ab.*

HAUPTMANN *allein.*

SLADEK *kommt:* Hauptmann. Sie haben die Gefangenen befreit. Ich glaub, es ist Meuterei. Sie haben mich geohrfeigt, besonders der eine. Sie sagen, man schießt – Hauptmann! Du bist voll Blut.

HAUPTMANN *lächelt böse:* So?

SLADEK *blickt empor:* Was surrt da? Wie das surrt –

In der Nähe schlägt eine Granate ein.

HAUPTMANN Sie zielen hierher! Sie müssen mich treffen! Marsch. Sladek! Das gilt nur mir! Nur mir!

SLADEK Mir auch.

HAUPTMANN Nur mir! Nur mir! Wo bist denn du?! Wer seid denn ihr?! Nichts! Nichts! Marsch, Sladek! Marsch!

SLADEK Ich hab keine Angst. In der Natur wird gemordet, das ändert sich nicht. Es surrt.

HAUPTMANN Sie beschießen mich mit Artillerie!

SLADEK *deutet auf das Fort:* Hauptmann! Die weiße Fahne!

REGULÄRE SOLDATEN *erscheinen rings auf den Hügeln.*

HAUPTMANN *lacht die Soldaten aus.*

SLADEK *hebt die Hände hoch, ergibt sich.*

Ende des zweiten Aktes.

Dritter Akt

VIII
Die Justiz der Wiedererstarkung

Der Untersuchungsrichter verhört den verhafteten Franz.

FRANZ Ich protestiere gegen meine Verhaftung.

UNTERSUCHUNGSRICHTER *dieselbe Person wie der Bundessekretär:* Sie geben zu, diesen Artikel verfaßt zu haben?

FRANZ Ja.

UNTERSUCHUNGSRICHTER Sie behaupten in diesem Artikel, daß eine maßgebende Stelle der deutschen Republik entgegen unseren außenpolitischen Verpflichtungen heimlich Soldaten geworben und ausgebildet hat, die unter dem Kommando eines ehemaligen Hauptmanns eine sogenannte schwarze Armee gebildet haben. Sie schreiben fernerhin, daß diese Truppen zum Schutze ihrer Existenz Selbstjustiz übten – Sie reden von Feme. Sie wagen die ungeheuerliche Behauptung, daß aus Angst vor Enthüllung Menschen zu Tode gemartert wurden und nicht nur verratsverdächtige, sondern auch vollkommen Unschuldige. Sie »enthüllen«, daß der Hauptmann zu guter Letzt der Gefangene seiner eigenen Feme wurde, die aus moralisch und geistig minderwertigen Subjekten bestand, die zu guter Letzt also die wahre Befehlsgewalt hatten. Sie berühren hier auch ein Verbrechen, einen nachgewiesenermaßen ganz gewöhnlichen Mord, nämlich den Fall Sladek. Leider konnte dieser Sladek noch immer nicht verhaftet werden.

FRANZ Leider. Sonst würde er es Ihnen selbst erzählen, daß das kein »gewöhnlicher« Mord war, sondern eine sogenannte Hinrichtung im sogenannten Interesse des sogenannten Vaterlandes. Er hat es mir selbst erzählt, als ich mich in der Gewalt der Feme befand, die mich totgeprügelt hätte, wäre die ganze schwarze Armee nicht von der maßgebenden Stelle aufgelöst worden.

UNTERSUCHUNGSRICHTER Ich warne Sie in Ihrem eigenen Interesse.

FRANZ Danke.

UNTERSUCHUNGSRICHTER Sie ziehen in Ihrem Schrieb den Schluß, daß die maßgebende Stelle offenbar den Bankrott ihrer innerpolitischen Pläne erkannte und deshalb die sogenannte schwarze Armee zwang, sich aufzulösen. Sie erzählen hier ein Märchen von einer Schlacht mit Artillerie.

FRANZ Das ist kein Märchen.

UNTERSUCHUNGSRICHTER Es gab keine Schlacht mit Artillerie, es gab lediglich den lächerlichen Putschversuch einer winzigen Gruppe Ultrarechtsradikaler, eine Wahnsinnstat nationalkommunistischer Haufen!

FRANZ Das ist nicht wahr. Das war die Armee der sogenannten nationalen Revolution! Das waren die Söldner der Reaktion, die unter der Maske der nationalen Diktatur die Entrechtung und Versklavung des eigenen Volkes erstrebten!

UNTERSUCHUNGSRICHTER Das ist krankhaft.

FRANZ Die schwarze Armee sollte die Republik stürzen, das heißt: die Plattform zur Schaffung des wahren Volksstaates mit Artillerie zertrümmern.

UNTERSUCHUNGSRICHTER Es gab keine schwarze Armee!

FRANZ Ich selbst sollte totgeprügelt werden, weil ich der Republik dienen wollte! Ist es nicht grotesk, daß mich nun die Justiz dieser Republik, für deren Leben ich fast fiel, verurteilen will, weil ich sie vor ihren falschen Freunden warne?

UNTERSUCHUNGSRICHTER Nein, das ist nicht grotesk.

FRANZ Daß Sie das als gerecht empfinden, darüber bin ich mir klar.

UNTERSUCHUNGSRICHTER Sie sind verhaftet wegen eines Verbrechens des versuchten Landesverrates. Des »versuchten«, merken Sie sich das! Ich warne Sie. – Ein jeder Deutsche hat die Pflicht, auch entgegen Gesetz gewordenen, uns aufgezwungenen außenpolitischen Verpflichtungen zu wissen, was dem Deutschen Reiche schadet; zeigt er dafür kein Gefühl, so ist er entweder ein gemeingefährlicher Phantast oder ein Feind des Landes. Des Staates Wohl gebietet, ihn vom Fleck weg zu verhaften.

FRANZ Das Wohl des wahren Staates ist das Wohl des Volkes. Der alte Staat sorgte allein für das Wohl seiner herrschenden Schicht – und ist zusammengebrochen. Noch herrscht die alte Schicht über dem Schutt. Sie will eine Ruine renovieren und sie mit Kanonen und Paragraphen befestigen. Das Volk schreitet aber über Schutt und baut sich ein Haus, ohne Fassaden aus »großer Zeit«.

UNTERSUCHUNGSRICHTER Sie sind Pazifist?

FRANZ Ich wäre glücklich, wenn wir ein internationales Strafgesetzbuch hätten, das die Macht besäße, den Krieg zu sühnen genau wie den Mord. Daß es trotzdem Kriege geben wird, nehme ich als unerbittliche Tatsache, aber nicht als Ausrede.

UNTERSUCHUNGSRICHTER Wir haben leider keine Wehrmacht mehr. Leider. Si vis pacem, para bellum, sagt der Lateiner. Können Sie Lateinisch?

FRANZ Nein.

UNTERSUCHUNGSRICHTER Das heißt: Wenn du Frieden willst, rüste dich zum Krieg.

FRANZ *lächelt:* Das habe ich verstanden, obwohl ich nicht Lateinisch kann.

Stille.

UNTERSUCHUNGSRICHTER *räuspert sich:* Ihr Artikel kann uns Wehrlosen nur schaden. Das ist Wasser auf die Mühle der gehässigsten feindlichen Propaganda. Das ist Verrat, denn Sie hindern des Deutschen Reiches Wiedererstarkung, indem das Ausland kraft solcher Artikel an unserem aufrechten Verständigungswillen zweifelt.

FRANZ Wer meuchelte die aufrechten Versöhnungsfreunde? Aus innenpolitischen Gründen verschlechterten jene Verbrecher gewissenlos die verzweifelte Lage des Volkes! Mein Artikel kämpft für den ehrlichen Frieden gegen lichtscheue Machenschaften –

UNTERSUCHUNGSRICHTER *unterbricht ihn:* Es gab keine schwarze Armee! Alle Ihre Behauptungen sind glatte Fälschungen!

FRANZ Ich selbst sollte ja ermordet werden! Ich werde alles beweisen!

UNTERSUCHUNGSRICHTER Ich warne Sie, wie gesagt: in Ihrem eigensten Interesse. Sie sind eines Verbrechens des versuchten Landesverrates angeklagt, beweisen Sie mir aber, daß es tatsächlich eine schwarze Armee gab, so sind Sie eines Verbrechens des vollendeten Landesverrats überführt und kommen kaum unter zwei Jahren Zuchthaus davon.

FRANZ Ich kann also nur verurteilt werden?

UNTERSUCHUNGSRICHTER Nur. So oder so.

FRANZ Es gibt also keine Verteidigung?

UNTERSUCHUNGSRICHTER Keine für Landesverräter.

Stille.

Sie sind doch Pazifist? Oder Kommunist?

FRANZ Es hat mir einmal einer gesagt, ich hätte einen Denkfehler, – das habe ich mir schon vorher gestanden, nur habe ich falsche Konsequenzen gezogen. Wissen Sie, was meinen Pazifismus betrifft, so ist das richtig, daß meine Ehrfurcht vor der einzelnen Kreatur übertrieben ist, trotz all dem Elend, das ich sah. Der Glaube an die Unantastbarkeit jedes lebendigen Wesens führt in die Labyrinthe des Betruges. Es gibt nämlich Kreaturen, verfassungsmäßig organisierte Kreaturen, die moralisch derart verkommen sind, daß es selbst der liebe Gott aufgegeben hat, sie bessern zu wollen. Selbst er hat im Tempel sofort zur Knute gegriffen, ohne auch nur ein Wort für ihr Seelenheil zu verschwenden. Die kann nämlich selbst der liebe Gott persönlich nicht bekehren, – sie gehören aus dem Tempel der Menschheit wie räudige Hunde mit Fußtritten verjagt, sie, die das Heiligste verhandeln, sie gehören vernichtet, die zu verludert sind, um es sich auch nur vorstellen zu können, daß es auch anderes gibt. – Der Hauptmann hatte recht, obwohl er es gar nicht ahnte: Das »zu guter Letzt« geht uns nichts an.

UNTERSUCHUNGSRICHTER Sie sind also Terrorist?

FRANZ Ich muß.

UNTERSUCHUNGSRICHTER Sie bekämpfen also den Staat an sich?

FRANZ Ihren Staat.

UNTERSUCHUNGSRICHTER Es gibt nur einen Staat, Sie, und der wird sich zu schützen wissen! Auch der Wurm krümmt sich, wenn er getreten wird.

IX
Nordseehafen

Sladek spricht mit zwei Matrosen auf einem stillen Kai. Es wird bald Abend.

ERSTER MATROSE Wie? Was? Du willst um das Kap der Guten Hoffnung herum nach Südamerika?

SLADEK Ich denk.

ERSTER MATROSE Um das Kap der Guten Hoffnung?

SLADEK Nach Nikaragua.

ZWEITER MATROSE In Südamerika?

ERSTER MATROSE Mittelamerika, Kamel! Mittelamerika!

SLADEK So? Möglich.

ZWEITER MATROSE Wen hast du denn in Nikaragua, du Neger? Erbtante? Erbonkel?

SLADEK Niemand. Ich fahr auch anderswohin. Nur möglichst bald, bitte. Hier ist es nicht schön. Ich hörte von Nikaragua – da dacht ich: Dorthin, der Name war mir so sympathisch, er ist so sehr fremd, so ganz anders, wie hier. Hier ist es doch wirklich nicht schön. Zum Beispiel: Immer nur Nebel. Ich möcht mal ganz anderswohin. Das ist alles.

ERSTER MATROSE Wer bist denn du?

SLADEK Ich?

ZWEITER MATROSE Du!

SLADEK Warum?

ERSTER MATROSE Darum. Ich glaub, wir kennen uns. Bist du denn nicht der Kerl, der bei der Frau, der Witwe – die alte Schraube hatte sich in ihren Aftermieter verknallt, aber plötzlich fiel es auf, daß ihr Fräulein Tochter trächtig war – ich hab diesen Herrn Aftermieter nur mal flüchtig gesehen, du siehst so aus, als ob – Das war in Triest.

SLADEK Nein, das ist ein sogenannter Irrtum. Ich war noch nie in Triest, ich hab ja nur gefragt, ob ihr mich mitnehmen wollt als irgendetwas, wie eine Kiste, ihr seid doch Matrosen. Ich kann auch etwas kochen, ich wollt nämlich eigentlich Kellner werden, aber ich trag auch Kohlen, wenn es sein muß. Nur fort.

ZWEITER MATROSE Du hast was ausgefressen?

SLADEK Was? Wieso?

ERSTER MATROSE Was würd man uns für dich bezahlen?

SLADEK Für mich? Wer?

ERSTER MATROSE Der Staatsanwalt.

Stille.

SLADEK Ich hab doch nichts getan, obwohl auch Belohnungen auf die Ergreifung unschuldiger Verbrecher ausgesetzt werden, oft, ich bin keiner. Es werden, glaub ich, sehr viele verfolgt, schuldig und unschuldig, da kann man nichts machen, das läßt sich nicht anders organisieren. Daß ich aus Europa will, das hat einen sogenannten bevölkerungspolitischen Grund. Es ist nämlich zu eng hier – ich hab zum Beispiel immer das Gefühl, man müßt ein Fenster aufmachen, damit frische Luft herein kann, es ist zu dumpf hier.

In der Ferne ertönt die Internationale.

ERSTER MATROSE Hörst du?

ZWEITER MATROSE Ja.

SLADEK Nehmt mich mit, bitte. Nach Nikaragua.

ZWEITER MATROSE Wir fahren nicht nach Nikaragua. Wir fahren überhaupt nicht.

SLADEK Ihr seid doch Matrosen.

ERSTER MATROSE Rindvieh.

SLADEK Wieso?

ERSTER MATROSE Wir warten doch genau wie du, daß sich manches ändert. Wir würden nach Nikaragua rudern, sogar um dein Kap der Guten Hoffnung herum, Elefant, aber heut trifft auf hundert Matrosen ein Kahn.

SLADEK Ihr habt also auch nichts zu tun?

ERSTER MATROSE Weil wir faul sind, hat neulich ein Professor gesagt.

SLADEK Da hat er sich geirrt, wir sind nämlich nicht faul, wir sind zuviel, auch wenn wir faul wären. Das war eigentlich mein erster wirklicher Gedanke auf der Welt.

Wenn wir zwanzig Millionen weniger wären, das wär fein.

ERSTER MATROSE Wir sind nur um zehntausend zuviel, aber diese zehntausend wiegen zwanzig Millionen.

Tumult in der Ferne.

SLADEK Man schreit.

ZWEITER MATROSE Das hat doch alles keinen Sinn.

ERSTER MATROSE Sondern?

ZWEITER MATROSE Sie werden mit Schupo und Sipo die Straßen säubern, und wer weitergeht, wird wieder erschossen, aber sie werden ihn nicht amnestieren.

SLADEK Wen?

ERSTER MATROSE Das weißt du nicht?

SLADEK Vielleicht.

ZWEITER MATROSE Sie haben ihn zu Zuchthaus verurteilt, weil er es bewiesen hat, daß es eine schwarze Armee gab, die uns über den Haufen schießen wollte, wie tolle Hunde.

ERSTER MATROSE Sie nennen das Landesverrat. Überall.

ZWEITER MATROSE Ich hab den mal reden gehört, vor zwei Jahren. Er ist ein braver Mann.

ERSTER MATROSE Er war in den ewigen Frieden verliebt, heut wird er wohl bekehrt sein! Er hat gegen Moskau geschwätzt, gegen die Tat, er wollt die Republik mit der Gösch gesundbeten.

ZWEITER MATROSE Er ist ein braver Kerl.

In der Ferne fällt ein Schuß; Kreischen; Musik bricht ab.

ERSTER MATROSE Das deutsche Volk einig in seinen Stämmen und gewillt, den gesellschaftlichen Fortschritt zu fördern, gibt sich den Artikel 48.

Rasch ab.

SLADEK *zum zweiten Matrosen, der dem ersten folgen will:* Halt! Kennst du eigentlich die Reichsverfassung?

ZWEITER MATROSE Und ob!

SLADEK Ich möcht sie gern mal lesen. Ich bin nämlich in der letzten Zeit etwas von der Gewalt abgekommen, es ist ja schon richtig, daß alles Gewalt ist, aber trotzdem möcht man mal sozusagen ruhig sein können, nicht?

ZWEITER MATROSE Nein! Noch lange nicht, du Schleimer! Noch lange nicht! *Ab.*

SLADEK *allein:* Das hab ich auch schon gehört. Ich hab Hunger.

Stille.

Ob sie einen erschossen haben, zuvor? Wahrscheinlich. Jetzt ist wieder alles vorbei, das Meer ist auch still und groß und tief. Sozusagen majestätisch. Ich dacht mir das Meer eigentlich grün, es ist nämlich grau. Auch so einen Hafen hab ich mir anders gedacht, sozusagen romantischer, aber es ist doch nicht so dreckig. Was ist eigentlich besser: Verhungern oder Verdursten? In der Wüste waren mal Reisende, die haben nirgends Wasser gefunden, und haben ihr eigenes Blut gesoffen, bis nichts mehr drinnen war – man müßt ein Kamel sein, dann hielt man es länger aus. Und dabei gibt es auf der Welt mehr Wasser als Land. Das ist falsch. Es müßt mehr Land geben, das wär gerechter, wir sind nämlich wirklich zuviel. Was ist denn jetzt nur die Hauptstadt von Nikaragua?

Stille.

Nikaragua ist sicher schön. Dort gibt es keinen Winter, nur Palmen, und es wächst alles von allein. Man kann so ohne weiteres satt sein. Ich möcht mich dort unter einen Baum legen und kein Haus mehr sehen, und dann müßt ein Bächlein so dahinfließen, und dann würd ich sagen: Das gibt es auch.

Stille.

Der Dampfer. Der große Dampfer. Vier Stock hoch und wahrscheinlich noch höher. Und ganz beleuchtet, von oben bis unten, der fährt bald fort und läßt so manchen zurück, der Dampfer. Dort gibt es sicher belegte Brötchen und berühmte Weiber und auch Gesellschaftsspiele. Allerhand. Und diese Dreckweiber sind so fein herausgeputzt, die lecken sich den ganzen Tag die Glasur, meistens Amerikanerinnen. Ob der Dampfer nicht doch vielleicht untergeht? Ja, Sladek, wenn du als einzelner draußen stirbst, dann wirst du in das Meer geworfen mit einem Kranz, das ist ja bekannt. Und was es da drunten für Fische gibt, große und kleine, das ist alles bekannt. Man sollte so durch das Meer durchschaun können, so bis fünftausend Meter, das wär eine Erfindung! Und erst: Wenn man so die Erde durchschaun könnt! Ich glaub nicht daran, daß die Erde eine Kugel ist, ich denk, sie ist flach, aber man sagt halt das Gegenteil, das plappert einer dem anderen nach. Das ist ja keine Kugel, das ist doch unmöglich. *Er starrt in das Wasser.*

Es dämmert.

KNORKE UND HALEF *kommen.*

SLADEK *bemerkt sie nicht.*

HALEF *unterdrückt:* Du schwörst, daß er kommt? Ich wette, daß wir umsonst warten. Der bringt es doch fertig, sich freiwillig zu stellen und feierlich alles zu unterschreiben, was dieser Schuft veröffentlicht hat.

KNORKE Kaum. Der Hauptmann ist zwar eitel, aber zu guter Letzt intelligent. Er hat mir sein Ehrenwort gegeben, daß er kommt. Ich habe den Paß besorgt und alles andere. Wir sind schändlich betrogen. Rein juristisch waren das nämlich korrekte Morde – und der Herr Staatsanwalt wird wohl nicht umhin können anzuklagen.

HALEF Ich wette, er besteigt auch das Schafott aus Eitelkeit.

KNORKE Wir sind alle vielleicht eitel, aber noch nicht verrückt.

HALEF Der Hauptmann ist ein Narr.

KNORKE Alle großen Männer waren Narren, lehrt die Geschichte.

HALEF Ein ehemaliger Unteroffizier denkt ein zweiter Alexander zu sein, weil er zum Offizier befördert worden ist. Ich hab es bald gemerkt, das ist kein großer Mann, aber trotzdem ein Narr. Ein Trommler, kein General!

KNORKE Salm ist bereits drüben. Sein Vetter ist Farmer.

HALEF Ist es wahr, daß der kleine Horst tot ist?

KNORKE An Malaria.

HALEF Ich habe gehört, daß ihn der Rübezahl bei der Überfahrt über Bord geworfen hat.

KNORKE Auch möglich.

Stille.

Es ist Nacht geworden.

HALEF Es wird allmählich Zeit. Ich wette, daß er nicht kommt.

HAUPTMANN *kommt.*

SLADEK *erkennt den Hauptmann.*

HAUPTMANN *sehr leise:* Ich hätte fast mein Ehrenwort gebrochen. Es ist doch feig, sich so zu verkriechen, aber zu guter Letzt kann keiner von mir verlangen, daß ich mich für gemeine Verräter sinnlos opfere, nicht?

SLADEK Hauptmann!

KNORKE Was ist das?!

SLADEK Ich.

KNORKE Was heißt das: »Ich«?

SLADEK Ich. *Er nähert sich.* Hauptmann, ich hab dich gleich erkannt, obwohl es finster ist. *Er erkennt Knorke und Halef.* Du, ihr seid auch da! Ist das ein Zufall? Das ist aber sehr gut, da könnt ihr mir nämlich helfen, sicher, ich muß nämlich fort, in eine andere Welt, ich hab zwar eigentlich nichts getan, aber selbst das, was ich getan haben soll, das hab ich ja alles für ein Vaterland getan, wofür ich verfolgt werd wie ein gemeiner Verbrecher, derweil war doch das alles ideal – Was, was habt ihr denn?

KNORKE Was hast denn du?

SLADEK Ich? – Halt! Ich bin doch der Sladek, Kameraden!

KNORKE Ich bin nicht dein Kamerad!

HAUPTMANN Ich kenne dich.

KNORKE Himmel, halt das Maul, du kennst ihn nicht, was soll denn das?!

HAUPTMANN Ich kenne dich. Du bist der feige Hund, der als erster nach der weißen Fahne schrie, ich werde diese Fresse nie vergessen!

SLADEK Das ist ein Irrtum!

HAUPTMANN Du bist der! Diese Fresse, diese Fresse –

KNORKE Nein, das ist nicht der!

SLADEK Ich bin ein anderer.

HAUPTMANN *versetzt ihm einen Tritt:* Da hast du den anderen! Da hast du den anderen!

SLADEK *krümmt sich:* Au –

KNORKE Einer wie der andere! Ist der das wert, daß du hängst?!

HALEF Da kommt schon wer!

KNORKE Fort! Wir kennen keinen Sladek! *Rasch ab mit Hauptmann und Halef.*

SLADEK *allein:* Wir kennen keinen Sladek. Wir kennen keinen Sladek. – Wenn einer das Talent hat, verwechselt zu werden, so ist das schlimm. Es erinnert sich keiner an ihn, in diesem Fall an den Sladek. Alles an ihm wird radikal vergessen, draußen und drinnen, als wär einfach nichts da, es kommt ja auch nicht auf so einen einzelnen Sladek an, trotzdem – Nein, es hat keinen Sinn mehr zu denken, ich wollt, ich könnt bis Nikaragua schwimmen. Warum bin ich kein Fisch?

Stille.

Ob die Fische die Sternlein sehen? Ich hab mal gehört, daß jeder einzelne mit den Sternlein zusammenhängt, das ist freilich Mist, aber unter welchem Sternlein könnt ich geboren sein? Man sollt das ausrechnen können und ein Kind nur dann auf die Welt lassen, wenn grad ein guter Stern droben ist. Einmal hat mir die alte Kartlerin gesagt, 1922 wird Polen vernichtet, Frankreich halb vernichtet, Paris ganz, England im Meer versinken und der Vesuv ausbrechen, ganz fürchterlich – und Deutschland wird wieder Monarchie und der bayerische Rupprecht wird zum Deutschen Kaiser gekrönt, in Berlin. Das hätt schon voriges Jahr sein sollen, aber man kann nichts geben auf Prophezeiungen, obwohl es eine sogenannte Vorsehung sicher gibt. Es geht nämlich alles nach einem bestimmten Gesetz, das ist traurig. Ich hab mal gedacht, daß, wenn kein Gesetz wär, wär das ganze Leben sinnlos, aber es ist trotzdem sinnlos, das ist nämlich ein schlechtes Gesetz.

EIN KRIMINALKOMMISSAR UND ZWEI DETEKTIVE *sind erschienen.*

DER KOMMISSAR *dieselbe Person wie der Untersuchungsrichter:* Im Namen des Gesetzes! Sladek, ich verhafte Sie!

SLADEK *mechanisch:* Mich?

DER KOMMISSAR Sie! Leugnen Sie nicht, Sie sind der Sladek, wir wissen alles! Im Namen des Gesetzes verhafte ich Sie wegen Mord an der Witwe Schramm.

SLADEK Also doch.

EIN DETEKTIV *fesselt ihn an sich.*

DER KOMMISSAR Widerstand ist sinnlos.
SLADEK Das weiß ich, meine Herren.

X
Der Fall Sladek

Mit Richter, Staats- und Rechtsanwalt. Unter dem Gekreuzigten.

RICHTER *dieselbe Person wie der Kriminalkommissar:* Ihr Name?
SLADEK Sladek.
RICHTER Geboren?
SLADEK Am 7. Juli 1902, in Hohenstein, das ist an der Grenze.
RICHTER Beruf?
SLADEK Ich wollt Kellner werden.
RICHTER Und?
SLADEK Ich bin keiner geworden.
RICHTER Sie haben sich von der ermordeten Witwe Schramm aushalten lassen?
SLADEK Nein.
RICHTER Sondern?
SLADEK Sie hat mir nichts geschenkt, das war nämlich ein richtiges Geschäft, das wir abgeschlossen haben, das war nur scheinbar, daß ich von ihr gelebt hab so ohne weiteres, ich hab ihr nämlich für das alles auch etwas gegeben.
STAATSANWALT Was denn?
SLADEK Mich.
Man hört die Öffentlichkeit lachen.
RICHTER Angeklagter. Ich warne Sie!
SLADEK Warum? Wieso?

RICHTER Schweigen Sie! – Angeklagter! Bekennen Sie sich schuldig?

SLADEK Das ist sehr kompliziert. Da kann man sehr schwer was sagen, weil es zuviel zu sagen gäb. Es ist alles richtig, daß Anna und ich uns nicht so recht verstanden haben, wenigstens oft, daß es Streit gab, daß es sogar zu sogenannten Tätlichkeiten kam, des öfteren sogar, daß ich ihr auch mal aus dem Schrank was nahm und mit fremden Weibern zu Gartenunterhaltungen ging, das geb ich alles zu, denn ich hab die Gerechtigkeit lieb, aber deshalb fühl ich mich nicht schuldig. Wenn ich nämlich so nachdenk, so war das doch nur der Altersunterschied. Meine Herren! Als ich sie kennenlernte, war sie um fünfzehn Jahr jünger als zuletzt, obwohl bis dahin nur vier Jahr vergangen sind, aber der Reiz war schon eigentlich nach zwei Jahr weg, der natürliche Reiz –. Meine Herren, das alles ist doch kein Problem, das ist nur traurig.

RECHTSANWALT Ich beantrage, den Angeklagten auf seinen Geisteszustand hin untersuchen zu lassen.

STAATSANWALT Ich beantrage, den Antrag der Verteidigung abzulehnen und den Angeklagten mit den schärfsten Mitteln zu zwingen, sich der Würde des Gerichtes entsprechend zu benehmen.

SLADEK Wie?

RICHTER Angeklagter! Sie leugnen also, die Witwe Schramm ermordet zu haben?

SLADEK Ich leugne es sogar sehr, ich hab noch nie jemand ermordet.

RICHTER Sie wiederholen also, daß dieser Mord ein sogenannter Fememord war, ein Akt verbrecherischer Selbstjustiz der sogenannten schwarzen Armee. Angeklagter, heute können wir laut über jene verworrene Zeit sprechen, wir sehen klar. Jene furchtbaren Tage der Inflation haben wir nun gottlob überwunden. Das deutsche Volk befindet sich im kraftvollen Wiederaufstieg, es hat Unglaubliches ertragen und Ungeheueres vollbracht.

Man hört die Öffentlichkeit applaudieren.

SLADEK Ich kann trotz Wiederaufstieg undsoweiter nur sagen, daß ich sozusagen unschuldig bin.

STAATSANWALT »Sozusagen«!

SLADEK Zu guter Letzt. Ich hab immer darüber geredet, daß in der Natur eben gemordet wird, und daß sich das nicht ändert, aber – meine Herren, ich war sehr dagegen. Als ich hernach mit den vier Soldaten in jenem Auto nach dem Hauptquartier fuhr, da hat es schaurig geregnet in der Nacht, ich werd das nie vergessen.

RICHTER Die vier Soldaten sind verschollen.

SLADEK Alle. Ich glaub, in Nikaragua.

STAATSANWALT Sie gestehen also, daß sie in jener Nacht mit vier Soldaten in der Prinzenstraße erschienen sind und daß diese vier Soldaten die Witwe Schramm ermordet haben.

SLADEK Ja.

STAATSANWALT Was haben Sie sich denn dabei gedacht?

SLADEK Ich? Zuerst: Daß man sie umbringen muß.

STAATSANWALT Danke.

SLADEK Bitte.

STAATSANWALT Das genügt.

SLADEK Nein, das genügt nicht, denn hernach war ich sehr dagegen, aber da war schon alles vorbei. Ich hab sogar »Halt!« gerufen, denn ich hab an die Gerechtigkeit gedacht, und wegen diesem »Halt!« hätten sie mich gar auch erschossen, wenn ich nicht gewußt hätt, daß sich nichts ändern läßt, – ich hab aber plötzlich trotzdem »Halt!« gerufen, es war nämlich nicht mehr nötig sie umzubringen, weil sie es sich überlegt hat. Sie hätte nichts verraten. Sicher.

RECHTSANWALT Was wollte sie denn verraten?

SLADEK Die schwarze Armee.

RICHTER Ich mache Sie aufmerksam, daß es für das Schicksal des Angeklagten keine Bedeutung hat, den Komplex der sogenannten schwarzen Armee hier aufzurollen. Jene Männer waren alte Soldaten, die für des Vaterlandes Wohl zu kämpfen glaubten, verworrene fanatische Idealisten –. Aber in diesem Falle Sladek darf man wohl mit Recht bezweifeln, ob das alles so ideal –

SLADEK *unterbricht ihn:* Oho!

RICHTER Sie sind nicht gefragt! Mord bleibt Mord, und der Mörder ist in jenem Falle persönlich verantwortlich!

SLADEK Aber ich dachte –

RICHTER *unterbricht ihn:* Ruhe! Sie haben die Witwe Schramm ermorden wollen, das haben Sie gestanden! Jetzt reden Sie.

SLADEK Was soll ich da reden, bitte? Ich hab immer selbständig gedacht und dann hab ich aber überall gehört, daß der Einzelne nichts zählt, daß er sich für das Ganze aufopfern muß, ob er nun will oder nicht – das hab ich so lang gehört, bis ich es glaubte, es ist ja auch so, aber trotzdem ist da ein Fehler, nämlich der, daß ich hier nun als Einzelner für etwas, was ich als Teil tat, getan haben soll. – Ich hab nämlich mit all diesen Problemen gerungen.

Man hört die Öffentlichkeit lachen.

Ich hab doch alles, was ich ja gar nicht tat, nur tun wollte, für das Vaterland getan, das war alles sozusagen ideal. Ich hätt sie nie umgebracht, wenn dies Vaterland nicht gewesen wär, ich hab mich ja zu guter Letzt geopfert, aber das wird nirgends anerkannt. Ohne dieses Vaterland hätt es vielleicht zwischen mir und ihr nur einen Wortwechsel gegeben, höchstens, daß ich ihr eine heruntergehaut hätte, und dann wär das ausgewesen, wie jedes Liebesverhältnis.

RECHTSANWALT Der Angeklagte ist das Geschöpf einer kranken Zeit. Ein Mensch, der sich an unsere stolze Vergangenheit nicht erinnert, der in der großen Zeit die Stimme wechselte und der anfing zu denken, als wir den Krieg verloren haben, das spricht Bände. Ohne Sinn für Moral negiert er alles allgemeinmenschlich – Gefühlsmäßige und grübelt über lauter Selbstverständlichkeiten: Er beschäftigt sich nur mit sich selbst, aber ohne jede Kultur. Ich bitte um mildernde Umstände für ein Gespenst: Hier sitzt die Zeit der Inflation.

SLADEK Ich bitte, mich als Menschen zu betrachten und nicht als Zeit.

RECHTSANWALT Ich bitte, den Angeklagten auf seinen Geisteszustand hin untersuchen zu lassen.

RICHTER Das Gericht beschließt, Zeugen zu vernehmen.

FRANZ *kommt.*

RECHTSANWALT *schnellt empor:* Ich protestiere gegen die Vereidigung dieses Zeugen! Ein wegen Landesverrat Verurteilter –

FRANZ *unterbricht ihn:* Und »Begnadigter«. Freilich säße ich noch heute im Zuchthaus, gäbe es morgen keine Wahl! Der neudeutsche Staat –

RICHTER *unterbricht ihn:* Keine Tiraden, bitte!

STAATSANWALT Der Zeuge nimmt es auf seinen Eid, daß ihm der Angeklagte Sladek gestanden hat, die Witwe Schramm ermordet zu haben.

FRANZ Ja.

SLADEK Nein.

RICHTER Schweigen Sie!

SLADEK Ich hab noch nie jemand ermordet!

FRANZ Ich selbst hätte ermordet werden sollen, diese Bestien! Wagst du es denn zu leugnen, daß du es mir selbst erzählt hast, wie jene Bedauernswerte im sogenannten Interesse des sogenannten Vaterlandes »hingerichtet« wurde?

SLADEK Das geb ich schon zu, aber ich hab dir nie gesagt, daß ich sie umgebracht hab.

FRANZ Er lügt! Er lügt!

Stille.

SLADEK Ich weiß, daß du nicht lügst. – Also müssen wir uns mißverstanden haben.

FRANZ Ich habe dich verstanden.

SLADEK Nein, ich bin unverstanden. Hab ich dir nicht zweimal gesagt, daß ich ein sogenannter zurückgezogener Mensch bin, und daß alles, was ich dir so sag, nur für dich persönlich ist? Du hast das vergessen. Ich hab über das alles nachgedacht, was du dem Hauptmann gesagt hast –. Du hast mich sozusagen bekehrt: Zu guter Letzt gibt es wirklich nur den Sladek. Und jetzt? Hier? In diesem Saal?

FRANZ *fast gewollt spöttisch:* Du hast mich sozusagen bekehrt, daß man keine Rücksicht nehmen soll auf den Sladek, weil sonst das Ganze nicht vorwärts kommt. Wie ich mich auch betrogen habe, es werden immer welche vernichtet.

SLADEK Immer nur für das Ganze geopfert werden – wo bleibt denn da der Sladek?

FRANZ Ich lasse mich nicht mehr hindern, hörst du?

SLADEK Ja.

FRANZ Du gehst mich nichts an.

SLADEK Jetzt lügst du.

FRANZ Meinst du?

SLADEK Das ist nicht schön von dir.

RICHTER Keine Privatgespräche! – Angeklagter! Leugnen hat doch keinen Sinn. Denken Sie an Gott.

STAATSANWALT Gott kennt Sie, Sladek!

SLADEK Mich kennt kein Gott. Meine Herren, was ist das: Gott? Ein alter Mann mit einem langen Bart. Was kennt der? Nichts kennt der, denn der lebt zu sehr weit droben, da sieht er auch nur das Ganze, das merkt man nämlich, denn wie es hier unten zu guter Letzt zugeht – Meine Herren! Mein Herr Verteidiger war so freundlich zu sagen, daß ich ein Gespenst sei – vielleicht –, aber ich bitte zu berücksichtigen, daß ich wahrscheinlich ein sogenanntes ungeborenes Gespenst bin. Meine Herren! Vielleicht hol ich das alles nach und vergeß das alles – Nehmen wir nur mal an: Ich hätt jemand ermordet, so bitt ich Sie trotzdem: Lassen Sie mich los, vielleicht wird doch was daraus, ich glaub nämlich allmählich selbst, daß ich noch ein sogenanntes ungeborenes Gespenst bin.

RECHTSANWALT Ich beantrage, den Angeklagten auf seinen Geisteszustand hin untersuchen zu lassen.

SLADEK Aber –

STAATSANWALT Ich beantrage lebenslängliches Zuchthaus und Aberkennung der bürgerlichen Ehrenrechte.

SLADEK Wieso?

XI
Rummelplatz

Mit Wachsfiguren, Karussell, Flohzirkus und Akrobaten. Die Sonne scheint.

LOTTE DAS MÄDCHEN Heuer wird der Sommer schön. Ich hoffe, daß der Nordpol jetzt endlich überflogen wird.

EIN ANDERES MÄDCHEN In der Zeitung steht, daß in London sieben zu eins für gewettet wird.

EIN DRITTES MÄDCHEN Laß doch die Zeitung! Wart ihr schon bei dem Mann mit den Kamelbeinen und weiblichen Brüsten? Na so was! Da drüben ist übrigens der Zwerg, das ist auch ein Hermaphrodit – und in dem Kabinett steht das Bett von Haarmann, dem bekannten Massenlustmörder.

LOTTE Nein, nicht in die Schreckenskammer, da streik ich! Ich vertrag keine Wachsfiguren, dann schon lieber richtige Verbrecher!

DAS MÄDCHEN MIT DER ZEITUNG Habt ihr das gelesen, daß wieder einer ausgerissen ist, ein Mörder, der ist bloß zwei Jahre gesessen – dann hat er einen Geldbriefträger überfallen, der hat ihm gleich alles gegeben, so, daß er jetzt fein heraußen ist. Das ist das Beste, nur gleich alles hingeben.

LOTTE *blickt in die Zeitung:* Sieht so weit ganz nett aus.

DAS MÄDCHEN MIT DER ZEITUNG Das Profil ist gewöhnlich. Wer ihn fängt, kriegt tausend Mark.

DAS DRITTE MÄDCHEN Ich würd ihn nie erkennen.

LOTTE Es reißen zuviel aus.

DAS MÄDCHEN MIT DER ZEITUNG Vor drei Tagen der Verrückte – und sie haben ihn noch immer nicht, das ist doch gemeingefährlich.

LOTTE Es ist alles so unwahrscheinlich.

SLADEK *erscheint.*

DAS DRITTE MÄDCHEN *blickt in die Zeitung:* Ja, die Hüte werden wieder breiter. Hoffentlich hält das Wetter, jetzt hat es jeden Sonntag geregnet. Ich hab keinen Mantel mit.

LOTTE Es gibt schon keine Männer mehr. Man muß sich schon wirklich anstrengen als Frau. Nur gut, daß ich keine Jungfrau mehr bin.

DAS MÄDCHEN MIT DER ZEITUNG Das Bett von diesem Haarmann möcht ich schon gern sehen.

LOTTE So geht doch! Ich warte hier – *Sie stößt zufällig an Sladek an.* Verzeihung!

DAS DRITTE MÄDCHEN Wir sind gleich wieder da. *Ab mit dem anderen Mädchen.*

LOTTE Ich warte.

EINE HANDLESERIN *zu Sladek:* Wollen der Herr sich nicht aus der Hand lesen lassen? Vergangenheit und Zukunft.

SLADEK Danke.

DIE HANDLESERIN Sehen Sie, das Fräulein interessiert sich schon für Ihre Zukunft –

LOTTE *schnippisch:* Sogar sehr.

DIE HANDLESERIN Hören Sie?

SLADEK Ja, was kostet das mit der Zukunft?

DIE HANDLESERIN Nur zwanzig Pfennig.

SLADEK Das geht.

DIE HANDLESERIN Also zeigen Sie. Hm – die Vergangenheit – So machen Sie doch keine Faust!

SLADEK Nein, ich will nur die Zukunft.

DIE HANDLESERIN Ohne Vergangenheit?

SLADEK Ja, ohne.

DIE HANDLESERIN Wie Sie wollen.

SLADEK Ich will.

DIE HANDLESERIN Sie sind aus kultiviertem Hause – Techniker, dabei aber stark künstlerisch veranlagt – mehr Sinn für Architektur als für Gemälde –

SLADEK Stimmt.

DIE HANDLESERIN Sie leben viel an der See, eigentlich ohne Sorgen, aber Sie leiden viel in der Phantasie –

SLADEK Auch das.

DIE HANDLESERIN Das ist eben Ihre künstlerische Ader. – Verschlossener Charakter, Achtung vor dem Weibe, Familiensinn.

LOTTE *lächelt.*

SLADEK *wird verlegen.*

DIE HANDLESERIN Und die Zukunft –: Sie fahren bald fort, das steht ganz deutlich da. Sehr weit sogar, über das Meer – Sehr reich werden Sie zwar kaum, denn dazu sind Sie zu fein, zu wenig brutal – aber Sie werden auch fernerhin gut leben und ungefähr achtzig Jahr alt werden.

SLADEK Das wär schön.

LOTTE Na klar.

DIE HANDLESERIN Zwanzig Pfennig, bitte.

SLADEK *zahlt und fixiert schüchtern Lotte:* Das wär auch schön. Das wär sogar sehr schön, wenn –. Verzeihen Sie, wenn Sie mit mir – Sie fahren doch auch gern Karussell? Das wär doch schön, Fräulein.

LOTTE Das wär schon schön, aber ich muß auf meine Freundinnen warten, die kommen jeden Augenblick.

SLADEK Das ist nicht schön. Es wär nämlich wirklich sehr schön gewesen, wenn wir jetzt zum Beispiel Karussell gefahren wären, oder überhaupt: Es gibt hier ja so viel zum Sehen, aber so allein, da geht man nur immer an allem vorbei – ich kenn nämlich keinen Menschen.

LOTTE Sie sind hier fremd?

SLADEK Sehr fremd.

LOTTE Sind Sie nicht Engländer?

SLADEK Stimmt.

LOTTE In der Zeitung steht, daß in London sieben zu eins gewettet wird, daß es ihnen gelingen wird, den Nordpol zu überfliegen.

SLADEK Was? Wem?

LOTTE Na, den Nordpol!

SLADEK Den Nordpol?

LOTTE Na, Sie wissen doch!

SLADEK Überfliegen?

LOTTE Sie sind komisch.

SLADEK Sehr komisch. Ja, freilich, ich hab nur jetzt länger

keine Zeitung gelesen, ich war nämlich sozusagen unwohl, aber jetzt fällt mir wieder alles ein. Also überfliegen werden sie ihn, den Nordpol.

LOTTE Ich hoffe es.

SLADEK Ich auch.

LOTTE So Sportsleute sind doch wirklich Helden. Sie setzen für den Fortschritt einfach ihr Leben aufs Spiel. Es sind ja auch zu ihrer Unterstützung alle Funkstationen bereit, ich kann an nichts anderes mehr denken.

SLADEK Wissen Sie, es gibt so Sportsleute, die haben sich auch geopfert, zwar vielleicht nicht gerade für den Fortschritt, aber für sonst was, doch die hat keine einzige Funkstation unterstützt, ja, denen hat man es hernach gar nicht geglaubt, daß –. Verstehen Sie mich?

LOTTE Nein.

SLADEK Zum Beispiel im Krieg. Und besonders hernach –

LOTTE Sie meinen den Weltkrieg?

SLADEK Ja.

LOTTE Da habe ich vorgestern einen fabelhaften Film gesehen vom Weltkrieg. Besonders die Regie war unerhört. Es war ein amerikanischer Film.

SLADEK So. Ein amerikanischer.

LOTTE Sind die besten. Durch so einen Film kann man sich den Krieg erst richtig vorstellen, besser als durch Bücher. Sehen Sie dort den Seiltänzer! Der ist auch fabelhaft!

SLADEK So ein Seiltänzer ist auch ein schwieriger Beruf.

LOTTE Können Sie gut tanzen?

SLADEK Kaum.

Schweigen.

Ich kann Verschiedenes. Ich hab eine Zeitlang immer gedacht, daß ich eigentlich nichts kann, aber dann bin ich immer darauf gekommen, daß man doch vielleicht kann.

Die Sonne verschwindet plötzlich.

LOTTE Himmel, das wird doch nicht regnen!

SLADEK Möglich.

DIE BEIDEN MÄDCHEN *kommen rasch zurück.*

DAS MÄDCHEN *ohne Mantel:* Siehst du, daß es regnet! Nein, das ist entsetzlich!

DAS ANDERE MÄDCHEN Das hört bald auf.

DAS MÄDCHEN OHNE MANTEL Nein, das regnet jetzt durch! Kleider, Schuhe – warum hab ich nur keinen Mantel mit?!

LOTTE Wir könnten ins Kino.

DAS ANDERE MÄDCHEN Zu dem amerikanischen Kriegsfilm?

LOTTE Nein, der ist zwar fabelhaft, aber zweimal schau ich mir ihn nicht an.

DAS ANDERE MÄDCHEN Freilich, das ist langweilig.

DAS MÄDCHEN OHNE MANTEL Jetzt regnets! Daß aber auch keine von uns einen Schirm hat!

Alle drei Mädchen rasch ab.

SLADEK *allein:* Ich hab eigentlich noch nie einen Schirm gehabt. Und dieser Nordpol –.

Es regnet.

EIN POLIZIST *erscheint; es ist dieselbe Person wie der Richter:* Halt!

SLADEK *erstarrt.*

DER POLIZIST Ich muß Ihre Personalien feststellen. Sie wissen, weshalb. – Sie wurden beobachtet, Sie haben zuvor Ihr Bedürfnis nicht in der Bedürfnisanstalt, sondern an der hinteren Wand des Flohzirkusses verrichtet. Warum? Das ist strengstens verboten. Sie haben den Flohzirkus verunreinigt. Ihr Name?

SLADEK Was kostet das?

DER POLIZIST Fünf Mark. Ihr Name?

SLADEK Das ist ein sogenannter schwieriger Name, ein

sehr langer, sozusagen ein ausländischer Name, ich bin nämlich gerade im Begriffe nach weit fort –
Schiffsirene.

DER POLIZIST *unterdrückt:* Halt! Ihren Paß. Ihre Papiere.

SLADEK Hier – aber das Schiff fährt in wenigen Minuten.

DER POLIZIST Welches Schiff?

SLADEK Ich kann das Wort nicht aussprechen.

DER POLIZIST *blättert; stutzt:* Wohin?

SLADEK Nach Nikaragua. Ich hab keinen Fahrschein. Ich arbeit mit an der Überfahrt.
Stille.

DER POLIZIST *blättert noch immer; sehr leise:* Sie sind amnestiert.

SLADEK Man hat unter mich einen Schlußstrich gezogen. Hoffentlich fehlt kein Stempel. Sagen Sie: Gibt es in Nikaragua einen deutschen Konsul?

DER POLIZIST Natürlich.

SLADEK Das ist sehr gut.
Stille.

DER POLIZIST *gibt ihm die Papiere zurück:* Es ist in Ordnung.

SLADEK Ich will auch den Flohzirkus nicht mehr verunreinigen.

DER POLIZIST *läßt ihn stehen:* Das ist auch strengstens verboten. *Ab.*

SLADEK Es soll wirklich nicht mehr vorkommen –

ENDE

Sladek, der schwarze Reichswehrmann

Historie aus dem Zeitalter der Inflation
in drei Akten

Personen: Sladek · Anna · Schminke · Hauptmann · Knorke · Rübezahl · Salm · Horst · Halef · Der Bundessekretär · Das Fräulein · Die Bundesschwester · Hakenkreuzler · Reichswehr

Erster Akt: Straße
Zweiter Akt: Im Weinhaus »Zur alten Liebe«
Dritter Akt: Kiesgrube

Erster Akt

Straße. Hakenkreuzler prügeln Schminke aus einem Saale, in dem mit Musik eine rechtsradikale Versammlung steigt. (Präsentiermarsch) Nacht.

EIN HAKENKREUZLER Raus! Raus mit dem roten Hund!

EIN ANDERER Da! Da. Du Judenknecht!

DIE BUNDESSCHWESTER *erscheint im Tor:* Was hat der gesagt? Wir hätten den Krieg verloren? Solche Subjekte haben uns Sieger erdolcht und das Vaterland der niederen Lust perverser Sadisten ausgeliefert! Am Rhein schänden syphilitische Neger deutsche Frauen, jawohl, das deutsche Volk hat seine Ehre verloren! Wir müssen, müssen, müssen sie wieder erringen, und sollten zehn Millionen deutscher Männer auf dem Felde der Ehre fallen!

DIE HAKENKREUZLER Heil!

SCHMINKE Sie! Woher nehmen Sie das Recht, das Volk ehrlos zu nennen? Woher haben Sie den traurigen Mut, zehn Millionen Tote zu fordern?! Sie sind kein Mensch, gnädige Frau!

DIE BUNDESSCHWESTER Novemberling! Novemberling!

EIN HAKENKREUZLER Zerreißt ihm das Maul! Zerreißt es der bezahlten Kreatur!

KNORKE *erscheint im Tor:* Halt! Bundesbrüder, beschmutzt euch nicht! – Sie sind doch der sogenannte Pazifist, der berüchtigte sogenannte Redakteur, das Schwein Peter Schminke –

SCHMINKE *unterbricht ihn:* Ja.

KNORKE Freut mich außerordentlich, Sie persönlich kennengelernt zu haben, Herr Schminke. Hätten Sie die große Güte, folgende kleine Anfrage zu beantworten!

Ihre »große« Nation bricht den Versailler Vertrag, Ihren geliebten »Friedens«vertrag und besetzt mit Flammenwerfern die Ruhr. Sie proklamiert die rheinische Republik, sie wird das ganze wehrlose, verratene Deutsche Reich »erobern«, von der Maas bis an die Memel, von der Etsch bis an den Belt, trotz feierlicher Proteste mit verdorrter Hand!

SCHMINKE Der Versailler Vertrag ist das Werk des Imperialismus, ist die Kriegserklärung des internationalen Kapitals an das Proletariat.

EIN HAKENKREUZLER Juden aller Länder, vereinigt euch!

KNORKE Sie wollen, daß das Vaterland französische Kolonie wird?

SCHMINKE Sie wissen, daß ich das nicht will!

DIE BUNDESSCHWESTER *lacht.*

SCHMINKE Ich floh aus dem besetzten Gebiet.

KNORKE Ich auch.

SCHMINKE Der Friedenswille der Massen ist stärker als alle Bajonette der internationalen Reaktion!

KNORKE Leitartikel! Tinte!

SCHMINKE Der Militarismus wird an der sittlichen Kraft der schaffenden Arbeit zerschellen, ohne Gewehre, ohne Generäle, ohne Blut!

DIE BUNDESSCHWESTER Blut bleibt Blut!

KNORKE Krieg ist Krieg! Der passive Widerstand ist die Ausgeburt jüdischer Niedertracht! Eine rote Feigheit! In Berlin feiern internationale Halunken den jüdisch-jesuitischen Fetzen von Weimar! Bundesbrüder! Bald marschiert die nationale Armee und rottet das pazifistische Gesindel aus! Rache für Straßburg! Rache für Schlesien! Für Schleswig!

DIE BUNDESSCHWESTER Für Schlageter!

DIE HAKENKREUZLER Heil!

GESANG *aus dem Saal:*

Drum Brüder schließt die Runde
Und hebt die Hand zum Schwur,
In unserem heiligen Bunde
Gilt eine Losung nur:
Das Hakenkreuz soll flattern
Uns führen in die Nacht
bis unsere Schüsse rattern
Einst in der Freiheitsschlacht!

KNORKE, DIE BUNDESSCHWESTER UND DIE HAKENKREUZLER *ab in den Saal; nur vier bleiben zurück.*

GESANG *aus dem Saal:*

Kam'rad reich mir die Hände,
Fest wolln beisamm wir stehn,
Mag man uns auch bekämpfen
Der Geist kann nicht vergehn!
Hakenkreuz am Stahlhelm
Schwarzweißrotes Band,
Sturmabteilung Hitler
Werden wir genannt!
Wir lassen uns, wir lassen uns
Von Ebert nicht regieren!
Hei Judenrepublik!
Hei Judenrepublik!
Schlagt zum Krüppel den Doktor Wirth!
Knattern die Gewehre, tack tack tack,
Aufs schwarze und das rote Pack!
Schlagt tot den Walther Rathenau
Die gottverdammte Judensau!

Plötzlich Stille.

SCHMINKE *lehnt die Stirne an die Wand und spuckt Blut.*

ERSTER HAKENKREUZLER Der hat seinen Teil.

ZWEITER HAKENKREUZLER Noch lange nicht, Kamerad!

DRITTER HAKENKREUZLER Ein beschnittener Saujud ist ein

anständiger Mensch neben einem arischen Juden. Dem blut ja bloß die Nase. Das ist nur Vorschuß.

ZWEITER HAKENKREUZLER Wenns losgeht, wird er sich verbluten.

VIERTER HAKENKREUZLER Wann gehts denn lso?

DRITTER HAKENKREUZLER Bald.

ZWEITER HAKENKREUZLER Wenns losgeht, dann kommt ein Gesetz, daß sich jeder Jud einen Rucksack kaufen muß. Was er hineinbringt, das darf er mitnehmen nach Jerusalem. Was er nicht hineinbringt, gehört uns. Wißt ihr, wieviel polnische Juden in Deutschland wuchern? Zwanzig Millionen! – Träumst du?

VIERTER HAKENKREUZLER Nein. Ich hab nur nachgedacht über diese Judenfrage. –

Heilrufe und Musiktusch im Saal. Erster, zweiter und dritter Hakenkreuzler rasch ab in den Saal.

GESANG *aus dem Saal:*

Wir treten zum Beten vor Gott den Gerechten,
Er waltet und haltet ein strenges Gericht.
Er läßt von den Schlechten nicht die Guten knechten,
Sein Name sei gelobt! Er vergißt uns nicht!

VIERTER HAKENKREUZLER *nähert sich langsam Schminke.*

SCHMINKE *hört ihn und wendet sich ihm zu:* Zurück! Das war eine große Heldentat.

VIERTER HAKENKREUZLER Ich hab dich nicht geschlagen.

SCHMINKE Danke.

VIERTER HAKENKREUZLER Bitte. Sie hätten dich vielleicht erschlagen, aber das hätt mir leid getan, denn du hast recht gehabt, und ich hab die Gerechtigkeit lieb. Du hast sehr recht gehabt, wir haben unsere Ehre nicht verloren – aber darauf kommts nicht an. Man muß nur selbständig denken. Du bist ein sogenannter Idealist.

SCHMINKE Wer bist du?

VIERTER HAKENKREUZLER Ich bin der Sladek. – Man muß

nur selbständig denken. Ich denk viel. Ich denk den ganzen Tag. Gestern hab ich gedacht, wenn ich studiert hätt, dann könnt ich was werden. ich hab nämlich Talent zur Politik. Ich bin ein sogenannter zurückgezogener Mensch. Ich red nur mit Leuten, die selbständig denken können. Ich freu mich, daß ich mit dir reden kann – du bist auch allein, das hab ich bei der Diskussion bemerkt. Wir sind verwandt. Ich hab mir das alles genau überlegt, das mit dem Staat, Krieg, Friede, diese ganze Ungerechtigkeit. Man muß dahinter kommen, es gibt da ein ganz bestimmtes Gesetz. Ein ganz bestimmter Plan, das ist klar, sonst wär ja alles sinnlos. Das ist das große Geheimnis der Welt.

SCHMINKE Und?

SLADEK In der Natur wird gemordet, das ändert sich nicht. Das ist der Sinn des Lebens, das große Gesetz. Es gibt nämlich keine Versöhnung. Die Liebe ist etwas Hinterlistiges. Liebe, das ist der große Betrug. Ich hab keine Angst vor der Wahrheit, ich bin nämlich nicht feig.

SCHMINKE Ich auch nicht.

SLADEK Das weiß ich. Aber du hast da einen Denkfehler. Lach mich nicht aus, bitte.

SCHMINKE Ich lach nicht.

SLADEK Du denkst nämlich immer daran, das ganze Menschengeschlecht zu beglücken. Aber das wird es nie geben, weil doch zu guter Letzt nur ich da bin. Es gibt ja nur mich. Mich, den Sladek. Das Menschengeschlecht liebt ja nicht den Sladek. Und wie es um den Sladek steht, so geht es den Völkern. Es liebt uns zur Zeit niemand. Es gibt auch keine Liebe. Wir sind verhaßt. Allein.

SCHMINKE Was verstehst du unter dem Wir?

SLADEK Das Vaterland.

SCHMINKE Was verstehst du unter Vaterland?

SLADEK Zu guter Letzt mich. Das Vaterland ist das Land, wo man geboren wird und dann nicht heraus kann, weil man die anderen Sprachen nicht versteht. Nämlich alle Theorien über den sogenannten Marxismus, die kommen für mich heut nicht in Betracht, weil ich selbständig denken kann.

SCHMINKE *spöttisch:* Du denkst zu selbständig.

SLADEK Man muß. Man muß. Es kann ja sein, daß mal wieder alle armen Leut gegen die Reichen ziehen, aber das ist, glaub ich, aus. Sie haben ja viele Rote erschlagen. Damals hab ich ein Lied gehört, daß das Herz links schlägt, aber es gibt ja kein Herz, es gibt nur einen Muskelapparat. Bist du für diese Republik?

SCHMINKE Das ist noch keine Republik, das wird erst eine.

SLADEK Das ist nichts und wird nichts, weil es nämlich auf einer Lüge aufgebaut ist.

SCHMINKE Auf welcher Lüge?

SLADEK Daß es eine Versöhnung gibt.

SCHMINKE Wenn es keine Versöhnung gäbe, so müßte man sie erfinden.

SLADEK *lächelt:* Du bist nicht dumm.

SCHMINKE Wieso?

Stille.

Ich lüge nie.

SLADEK In der Natur wird gemordet, das ändert sich nicht.

SCHMINKE Heute ist allerdings überall nur Blut und Dreck.

SLADEK Ich denk nicht an morgen. Ich leb ja vielleicht nur heut. Heut sind alle Staaten gegen uns. Sie drücken uns zusammen. Weil wir wehrlos sind, das ist dann immer so. Es würde nichts schaden, wenn noch einige Millionen fallen würden, wir sind nämlich zu viel. Wir haben keinen Platz. Wir verbreiten uns, als hätts keinen Weltkrieg gegeben. Es wird bald alles eine Stadt, das ganze deutsche Reich. Wir brauchen unsere Kolonien wieder,

Asien, Afrika – wir sind wirklich zu viel. Schad, daß der Krieg aus ist!

SCHMINKE Du wagst es zu bedauern, daß der Krieg aus ist?

SLADEK Wieso?

SCHMINKE Bist du ein Mensch?

SLADEK Ich bin ein Mensch, es ist aber immer Krieg.

SCHMINKE Es gibt auch Frieden.

SLADEK Ich erinner mich nicht daran.

SCHMINKE So tust du mir leid.

SLADEK Jetzt lügst du.

SCHMINKE Zu blöd.

SLADEK Ich hab nämlich keine Angst vor der Wahrheit.

SCHMINKE Warst du Soldat?

SLADEK Nein. Als der Krieg ausbrach, war ich zwölf Jahre alt. Ich seh nur älter aus.

SCHMINKE Du gehörst verboten.

SLADEK Daß ich mal verboten werd, ist schon möglich. Weil ich zuviel weiß.

Stille.

SCHMINKE Kennst du die schwarze Reichswehr?

SLADEK Das darf man nicht sagen!

SCHMINKE Aha! Warum?

SLADEK *schweigt.*

SCHMINKE Ich habe gehört, daß sich draußen auf den Feldern Soldaten sammeln. Sie haben Kanonen und Maschinengewehre und tragen die Kokarde mit dem Adler der Republik verkehrt. Abgeschossen. Stimmts?

SLADEK *schweigt.*

SCHMINKE Ich habe gehört, daß diese Soldaten siegreich nach Paris marschieren wollen, über die Leiche des eigenen Volkes.

SLADEK Das geht dich nichts an!

SCHMINKE Doch! Sogar sehr! – Sie nennen sich schwarze

Soldaten, weil sie nur als Geheimnis existieren können. Und der es verrät, der stirbt.

SLADEK In der Natur wird gemordet, das ändert sich nicht.

SCHMINKE Man sollt jede Armee verraten, du Soldat! *Er will rasch ab.*

SLADEK *ruft ihm nach:* Du bist ein sogenannter Idealist, du Schuft!

HALEF, RÜBEZAHL, SALM UND HORST *erscheinen überraschend und versperren Schminke den Weiterweg; er hält und starrt sie an.*

GESANG *aus dem Saal:*

Wohlauf, Kameraden, aufs Pferd, aufs Pferd,
In das Feld, in die Freiheit gezogen!
Im Felde da ist der Mann noch was wert,
Da wird das Herz noch gewogen.
Da tritt kein anderer für ihn ein,
Auf sich selber steht er da ganz allein!

HAUPTMANN *erscheint im Tor:* Herr Schminke!

SCHMINKE *wendet sich ihm ruckartig zu; fixiert ihn:* Sie sind hier das Oberkommando?

HAUPTMANN *spöttisch:* Zu Befehl, Herr Schminke.

Stille.

SCHMINKE Ich verlange vor ein ordentliches Gericht gestellt zu werden, Sie verstehen mich.

HAUPTMANN Wir verstehen uns. Sie werden nach einem ordentlichen Gesetze bestraft.

SCHMINKE Ich verlange nach dem Strafgesetzbuch abgeurteilt zu werden.

HAUPTMANN Solange das Strafgesetzbuch von der Interalliierten Militärkommission zensiert wird, solange bin ich das ordentliche Gericht.

SCHMINKE Dazu haben Sie kein Recht.

HAUPTMANN Machen Sie sich nicht lächerlich.

Stille.

Wir sind informiert. Sie haben Material über geheime Rüstungen – sogenannter Pazifist? Sie verraten aus Prinzip?

SCHMINKE Aus Prinzip.

HAUPTMANN Die eigene Armee.

SCHMINKE Jede Armee.

HAUPTMANN Nein, nur die deutsche. Den Verbrechern von Versailles.

SCHMINKE Machen Sie sich nicht lächerlich.

HAUPTMANN Idiot.

SCHMINKE Ich kenne keine deutsche Armee, ich kenne nur Landsknechte der Reaktion, deren Geheimnis ich enthüllen wollte – Sie zielen auf Versailles und treffen das deutsche Volk.

HAUPTMANN Idiot.

SCHMINKE Danke. Sie haben nur fünftausend Mann. Glauben Sie, daß Sie ohne schwere Artillerie den Versailler Vertrag zerreißen können? Und Sie vergessen, daß Sie ein Geheimnis sind. Wie kann sich denn der Feind vor Soldaten fürchten, von deren Existenz er nichts wissen darf? Sie marschieren ja gegen das eigene Volk.

RÜBEZAHL *schlägt ihn mit einer Stange von rückwärts nieder; Schminke bricht lautlos bewußtlos zusammen.*

HORST *lacht leise.*

HAUPTMANN *zu Horst:* Kusch!

RÜBEZAHL Nanana! Man wird doch noch lächeln dürfen –

SALM *zum Hauptmann:* Das Auto steht drüben.

HAUPTMANN Wer fährt?

SALM Ich.

HAUPTMANN Salm, also es bleibt dabei: Ihr schafft den jetzt in die Kiesgrube, aber, daß ihm nichts »widerfährt«, verstehst du?

SALM Nein, Kiesgrube ist Kiesgrube.

HAUPTMANN Später. Ich will ihn noch einmal verhören.

Vorher. Ich glaub es nämlich nicht, daß er uns um Geld verraten wollte. Hinter dem steht eine andere Macht. Ich bin von lauter Verrätern umgeben, aber ich fange nur immer die Vorhut, an die Leitung komme ich nicht dran.

HORST *lacht wieder leise.*

HALEF *beugt sich rasch über Schminke und untersucht ihn:* Quatsch! Wenn ich so gesund wäre, würde ich heiraten.

RÜBEZAHL Was fehlt dir denn?

HALEF Nichts.

SALM Keine Privatgespräche! Los!

RÜBEZAHL, HORST, HALEF *schaffen Schminke fort.*

HAUPTMANN *zu Salm:* Ist das wahr, daß dieser Rübezahl gedroht hat, mich, wenn er keine schweizer Franken von mir bekommen sollte, niederzuknallen?

SALM Er war besoffen.

HAUPTMANN Besoffen oder nüchtern! Du hast das gehört?

SALM Ich war dabei.

HAUPTMANN Ich muß darauf bestehen, daß mir dergleichen sofort gemeldet wird!

SALM Ruhe, Herr General! Ruhe! Wagst du einen derart verdienstvollen Mann zu bestrafen, und wenn ja, kannst du es denn? Nein, du kannst dich nur lächerlich machen. Sonst nichts.

RÜBEZAHL *erscheint:* Majestät. Ich habe soeben gehorcht. *Er grinst.*

SALM *ab.*

HAUPTMANN Du bekommst deinen Teil.

RÜBEZAHL Das klingt komisch.

HAUPTMANN Abtreten.

RÜBEZAHL Drohst du mir? Du? Mir?

HAUPTMANN Nein. Denn ich habe Angst, daß du mich niederknallst.

RÜBEZAHL *grinst:* Fürchte dich nicht, Liliputaner!

HAUPTMANN Abtreten!

RÜBEZAHL Bell nicht, Pinscher! Bell nicht; sonst schlag ich dir das Koppel um das Maul, daß dir das Gott-mit-uns in der Fresse steht!

HAUPTMANN *fixiert ihn; beherrscht sich.*

SALMS STIMME Rübezahl! Rübezahl!

RÜBEZAHL *ab.*

DER BUNDESSEKRETÄR *erscheint im Tor und verbeugt sich vor dem Hauptmann:* Hauptmann! Ich habe Ihnen Beweise ehrlichster Bewunderung zu überbringen. Man ist begeistert. Ihre planmäßige Bearbeitung des flachen Landes, diese prachtvolle erhebende Stimmung in jeder Ihrer Versammlungen –

HAUPTMANN *unterbricht ihn:* Wer ist begeistert?

DER BUNDESSEKRETÄR Die maßgebende Stelle.

HAUPTMANN Sie kommen aus Berlin?

DER BUNDESSEKRETÄR *lächelt hinterlistig:* Von der maßgebenden Stelle.

HAUPTMANN Sie sehen: ich bin bereit.

Stille.

Schnarcht die maßgebende Stelle noch? Sie wird unter dem Sowjetstern erwachen.

DER BUNDESSEKRETÄR Die politische Verantwortung fordert, für die bewaffnete Aktion den günstigsten Augenblick abzupassen.

HAUPTMANN Ich warte.

DER BUNDESSEKRETÄR Wir haben zwar die Ministerliste, aber die Führer der Verbände müssen noch manche Frage bereinigen.

HAUPTMANN Ich warte.

DER BUNDESSEKRETÄR Sie sind sich noch nicht einig, Nord und Süd.

HAUPTMANN Ich warte. Vorerst!

DER BUNDESSEKRETÄR Das wissen wir. Deshalb bin ich da.

HAUPTMANN Freut mich!

DER BUNDESSEKRETÄR Umso besser! Sie sind ein Mensch, dem man ab und zu seine Lage klar machen muß. Sie samt Ihren Soldaten unterstehen einer maßgebenden Stelle, die die geheime, gegen alle außenpolitischen Verpflichtungen erfolgte Aufstellung Ihrer Armee vor der Republik mit dem Schutze vor äußeren Feinden begründet, in Wahrheit aber die nationale Diktatur erstrebt. Offiziell muß die maßgebende Stelle republikanisch tun, um inoffiziell die Republik unterhöhlen zu können. Offiziell tragen Sie die Verantwortung, inoffiziell befiehlt die maßgebende Stelle. Sie können praktisch nur bestehen, weil und solange Sie offiziell nicht bestehen. Vorerst existieren Sie überhaupt nicht.

HAUPTMANN Danke. Die maßgebende Stelle ist feig. Sie betet um die nationale Revolution, aber drückt sich vor jedem festen Entschluß. Das liegt an der Berliner Luft.

DER BUNDESSEKRETÄR Und der preußischen Regierung.

HAUPTMANN Es muß kommen wie in Ungarn.

DER BUNDESSEKRETÄR Die Diktatur. Plebs bleibt Plebs. Gäbs keine Neger am Rhein und keine Inflation, fühlten sich unsere lieben Deutschen in Schwarzrotdreck sauwohl.

HAUPTMANN Nie. Ich glaube an den zweiten Befreiungskrieg. Mit dem Sturze der Republik stürzt auch Versailles.

DER BUNDESSEKRETÄR Kaum.

HAUPTMANN Oho!

DER BUNDESSEKRETÄR Kaum. Unsere Waffen reichen wohl zur Niederschlagung des inneren, aber niemals des äußeren Feindes. Die nationale Diktatur wird die Erfüllungspolitik der Rathenau und Genossen weiterführen müssen. Predigen wir das Gegenteil, so nur als Propaganda. Wir lügen dabei nicht, denn zu guter Letzt ist alles möglich.

Stille.

HAUPTMANN Ich sehe, man treibt mit mir wieder ein unehrliches Spiel. Ich glaube, die maßgebende Stelle wäre sogar imstande, mich dem Staatsgerichtshof zum Schutze der Republik auszuliefern.

DER BUNDESSEKRETÄR Wenn Sie ohne Erlaubnis anfangen wollten zu existieren, ja.

HAUPTMANN Wenn alles mißglückt, jederzeit. Dann wird an meine nationale Treue appelliert, damit ich alles allein verantworten darf. Auch meine Justiz.

DER BUNDESSEKRETÄR Was für Justiz?

HAUPTMANN Spielen Sie nicht die unberührte Jungfrau, Feigling. Leute wie Sie sollten politisch links stehen. Sagen Sie der maßgebenden Stelle einen schönen Gruß, und wenn sich die vertrottelten Oberlehrer und verkalkten Exzellenzen in den Bünden und Verbänden, Orden und Parteien nicht bald einigen, dann fange ich an zu existieren. Die nationale Revolution bin ich. Der Landsknecht hat schon einmal einen Staat gerettet, wir haben Spartakus erschlagen, wir lassen uns nicht wieder vogelfrei verdrecken.

DER BUNDESSEKRETÄR *lächelt sarkastisch; verbeugt sich steif und rasch ab.*

HAUPTMANN *allein; starrt ihm nach.*

GESANG *aus dem Saal:*

Deutschland, Deutschland über alles
Über alles in der Welt!
Wenn es stets zu Schutz und Trutze
Brüderlich zusammenhält.
Deutschland, Deutschland über alles
Über alles in der Welt!

HAUPTMANN *erblickt Sladek; nähert sich ihm langsam mißtrauisch; leise:* Wer bist du?

SLADEK Ich bin der Sladek. Ich will zu euch.

HAUPTMANN Wer sind denn wir?
SLADEK Das darf man nicht sagen.
HAUPTMANN Kennst du mich?
SLADEK Vom Sehen.
HAUPTMANN Wer bin ich?
SLADEK Ich glaube, daß du richtig gehst. Ich habe nämlich die Gerechtigkeit lieb und kann selbständig denken.
HAUPTMANN *läßt ihn langsam stehen, will in den Saal und trifft im Tor Knorke:* Du. Wer ist denn das?
KNORKE Der Sladek. Der gehört zu uns. Ich war mit seinem Bruder befreundet, als ich aus Tsingtau kam 1912. Es war mal eine bessere Familie.
SLADEK Wann faß ich meine Uniform?
KNORKE Bald.
HAUPTMANN *ist anderswo:* Sehr bald. *Ab in den Saal. Stille.*
SLADEK Du, Knorke. Ich muß mal austreten. Wo kann man hier eigentlich austreten?
KNORKE Im zweiten Stock.
SLADEK Im ersten nicht?
KNORKE Nein. Nur im zweiten.
SLADEK So hoch – *Ab in den Saal.*
KNORKE *liest in einer Zeitung im Haustorschein.*
ANNA SCHRAMM *kommt:* Guten Abend, Herr Knorke.
KNORKE Ach, Frau Schramm! Sie wünschen?
ANNA Könnt ich den Sladek sprechen?
KNORKE In fünf Minuten. Sladek ist pünktlich. Primadonna! Primadonna!
ANNA Er hat keine Uhr.
KNORKE Und singen kann er auch nicht.
ANNA Woher kennen Sie Sladek?
KNORKE Das weiß ich nicht mehr.
ANNA Sie kennen ihn schon seit länger?
KNORKE Sind Sie mit ihm verwandt?

ANNA Nein.

KNORKE Sie sind doch seine Wirtin?

ANNA Ja.

KNORKE Sonst nichts?

ANNA Wieso?

KNORKE *blickt in die Zeitung:* Die Mark hat sich gefestigt. Zürich notiert zweiundzwanzig Milliarden. Zürich liegt am Züricher See. *Er wirft wütend die Zeitung fort.* Pensionierte Bürokraten würden revoltieren! Die Republik dieser Büttel der Botschafterkonferenz erfrecht sich, unsere letzten Waffen zu fordern. Auf einen Wink der Entente kastrieren wir uns selbst! Den Schuft, der nur eine versteckte Patrone verratet, den möcht ich massieren, bis ihm die pazifistische Seele zum großen jüdischen Gott fliegt! Ihr Herr Gatte ist doch auch gefallen?

ANNA Nein.

KNORKE Ich dachte, Sie wären Witwe?

ANNA Er ist vermißt. Ich warte zwar nicht mehr, obwohl es noch vorkommen soll, daß ein Vermißter plötzlich erscheint. Rußland ist groß, Sibirien ist weit.

KNORKE Apropos Rußland: Haben Sie die neue polnische Note gelesen?

ANNA Ich lese keine Zeitung. Die liest nur Sladek.

KNORKE Er liest viel.

ANNA Nur die Zeitung.

KNORKE Er weiß allerhand für sein Alter. Seine Ansichten sind zwar etwas verworren, aber zu guter Letzt gesund.

ANNA Wenn er nur Zeit hat, grübelt er.

KNORKE Die neue polnische Note ist der Gipfel der Verleumdung. Lauter Verbrecher!

ANNA Wer?

KNORKE Diese Polen! Jeder einzelne Pole ist ein geborener Lügner!

ANNA Ich glaube, der einzelne Pole lügt auch nicht mehr als der einzelne Deutsche.

KNORKE Hoppla!

ANNA Die Zeitungen sollen endlich aufhören, die Völker gegeneinander zu hetzen. Es hat doch keinen Sinn.

KNORKE Was Sie nicht sagen!

ANNA Ich finde es sehr richtig, daß die Regierung die Bevölkerung auffordert, alle Waffen abzuliefern. Das ist endlich ein gutes Gesetz. Wir haben uns vier Jahre lang gemordet, das reicht. Ich würde jede versteckte Patrone anzeigen. Sofort.

KNORKE Das würde ich an Ihrer Stelle unterlassen.

ANNA Warum? Wer der Regierung nicht folgt, der wird doch bestraft.

KNORKE Zum Strafen gehört Gewalt. Die Regierung hat keine, kann ich Ihnen flüstern. Heutzutage ist oft das Gegenteil Gesetz. Sagen Sie: Was wissen Sie über versteckte Patronen?

ANNA Ich weiß, wer Sie sind und was Sie wollen.

KNORKE Wie war das?

ANNA Ich kenne Sie. Vom Sehen.

KNORKE Wer bin ich?

ANNA Sie kommen manchmal in die Stadt. Im Auto.

KNORKE Was für Auto?

ANNA Das habe ich alles beobachtet.

KNORKE Was alles?

ANNA Sie wollen aus dem Sladek einen Soldaten machen.

KNORKE So?

ANNA Sie werben für die schwarze Reichswehr.

KNORKE Es gibt keine schwarze Reichswehr!

ANNA Doch.

Stille.

KNORKE Ich warne Sie.

ANNA Ich bitte Sie. Ich bitte Sie, lassen Sie mir den Sladek.

Es fällt mir schwer, darüber zu reden. Wenn sich eine Frau in meinem Alter an einen um fünfzehn Jahre jüngeren Mann hängt, so ist das immer mütterlich, und sie läßt ihn nicht aus den Augen. Sladek ist ja noch ein Junge, der sich an nichts erinnern kann als an Krieg. Er kann sich den Frieden gar nicht vorstellen, so mißtrauisch ist er. Er ist in der großen Zeit groß geworden, das merkt man. Ich lasse ihn nicht aus den Augen, ich habe gehorcht und spioniert – mich kann man nämlich nicht betrügen. Was mein ist, bleibt mein.

KNORKE Ist der Sladek Ihr Eigentum?

ANNA Ja.

KNORKE Nein.

ANNA Wen ich liebe, der gehört mir.

KNORKE Will er Ihnen gehören?

ANNA Wie meinen Sie das?

KNORKE Der Sladek ist ausgewachsen und denkt nicht daran.

ANNA Das hat er Ihnen gesagt?

KNORKE Fragen Sie ihn selbst.

Stille.

ANNA Wollen Sie mir helfen?

KNORKE Ich warne Sie.

ANNA Ich bitte Sie. Bitte, sagen Sie dem Sladek kein Wort, daß ich weiß, daß er von mir will. Bitte, sagen Sie ihm doch, er wäre zum Soldaten untauglich, sagen Sie es ihm, bitte, lassen Sie ihn hier. Ihre Soldaten werden auch ohne Sladek marschieren, aber ich – Ich hab schon mal alles für das Vaterland geopfert. Ich laß mir nichts mehr rauben. Ich verrate die ganze Armee den Polen. Noch heut.

KNORKE Kaum.

SLADEK *kommt; erblickt Anna.*

ANNA Wo warst du so lange?

SLADEK Ich hab mich geärgert.

ANNA Wer hat dich geärgert?

SLADEK Freut dich das?

ANNA Mich?

SLADEK Laß uns allein, bitte.

KNORKE Nicht nötig, Sladek. Frau Schramm hat mich soeben gebeten, dir mitzuteilen, du seiest untauglich zum Soldaten, da sie sonst alles den Polen verrät.

SLADEK Anna!

ANNA Nein, so ein Schuft!

KNORKE Ich weiß, daß du das Maul gehalten hast, aber Frau Schramm hat dir nachspioniert. Dadurch zwingt uns Frau Schramm, uns mit ihrer Persönlichkeit zu beschäftigen. Verstanden? Sladek, bist du tauglich?

SLADEK Tauglich.

KNORKE Nach wie vor. Wir treffen uns beim Fräulein. Auf Wiedersehn! *Ab.*

SLADEK *starrt Anna an:* Auf Wiedersehn.

Stille.

ANNA Was ist das für ein Fräulein?

SLADEK Das Fräulein. Das ist ein Lokal.

ANNA Lüg nicht!

SLADEK Du wirst noch blöd vor lauter Eifersucht.

ANNA Lieber blöd! Sladek! Ich hab ja so Angst um dich. Ich seh es ja, wie hungrig dich die Weiber anschaun –

SLADEK *unterbricht sie:* Ich bin dir treu.

ANNA Nein, du nimmst nur Rücksicht, aber dann wünschest du, ich soll nicht – mehr sein. Du, du wirst einfach weggehn, ich werde dich überall suchen und nirgends finden.

SLADEK Anna, weißt du, was das heißt, eine Armee vor dem Feinde zu verraten? Weißt du, was die Soldaten mit dem Verräter tun?

ANNA Sie sollen mich erschlagen.
SLADEK Sie werden dich erschlagen.
ANNA Es liegt an dir. Bleib, bitte, und ich verrate nichts. Nichts. Weißt du, was das heißt, wenn ich dich verliere? Bleib, bitte, bitte, bitte – schau, ich schäme mich ja schon gar nicht mehr, so hänge ich an dir. Was denkst du jetzt?
SLADEK Was ich denk, langweilt dich, hast du gesagt.
ANNA Nein!
SLADEK Was ich denk, ist dumm, hast du gesagt! Hast du gesagt! Ich hab nämlich ein sogenanntes Gedächtnis, ein ausgezeichnetes Gedächtnis.
ANNA Wie du dir alles merkst.
SLADEK Alles.
ANNA Daß du nur nichts vergißt!
SLADEK Nichts. Glotz nicht.
ANNA Ich glotz nicht. Ich hab nur gesagt, du sollst nicht so viel denken, weil ich nichts von Politik versteh. Ich komme nicht mit.
SLADEK Man muß nur selbständig denken. Ich kam zu dir zerlumpt. Bei mir in der Familie haben sie sich um ein Stück Brot gehaßt. Du warst für mich ein höheres Wesen, du hattest eine Zweizimmerwohnung und hast Kriegsanleihe gezeichnet. Du hast für Kaufmannsfrauen geschneidert, ich hab mich waschen können. Du hast mir einen Wintermantel gekauft. Danke.
ANNA Bitte.
SLADEK Du bist meine erste Liebe.
ANNA Sei nicht so boshaft.
SLADEK Ich bin nicht boshaft. Ich wollt nur sagen, daß die erste Liebe eine riesige Rolle im Leben spielt. Hab ich gehört.
ANNA Sladek. Du bist schon tot.
SLADEK Warum?

ANNA *klammert sich an ihn:* So sag es doch! Sag, daß alles aus ist! Aus, aus –

SLADEK Sag es du.

ANNA Ich kann es nicht, – wie dumm ich bin, wie dumm –

SLADEK Es ist nicht aus.

ANNA Nimm keine Rücksicht! Quäl mich nicht! Sag es endlich, laß mich los!

SLADEK Gut. Es ist aus.

ANNA Schau mich an.

Stille.

SLADEK So wirds nicht anders.

ANNA Doch.

SLADEK Du weißt immer alles besser.

ANNA Du kannst nicht lieben, du kannst nur lieb sein.

SLADEK Genügt das nicht?

Stille.

ANNA *lächelt:* Schau mich nicht so an – du Riese. Du kleiner Riese. Du bleibst, du bleibst. Du Jung, du – Es ist dunkel, die Erde ist noch kalt, aber die Sonne war schon warm. Das ist der zunehmende Mond.

SLADEK Heuer gibts kein Frühjahr. Auf dem Ozean liegen lauter Wolken, ganze Berge. Das kommt alles noch über uns, steht in der Zeitung.

ANNA Ist doch alles nicht wahr, ist doch alles anders –. Komm, gib mir einen Kuß –. Das war doch kein Kuß. So. So – *Sie küßt ihn, reißt sich plötzlich los und taumelt zurück.* Was tust du? Was fällt dir ein, wenn ich dich küsse?!

SLADEK Ich küß nicht gern so, so sinnlich.

ANNA Du Schwein. Du Schwein –

SLADEK Ich bin ein Schwein. *Ab.*

Ende des ersten Aktes.

Zweiter Akt

Im Weinhaus »Zur alten Liebe«.
Salm, Horst, Halef, Knorke und Rübezahl sind die einzigen Gäste.
Das Fräulein bedient.

DAS FRÄULEIN Die Herren sind Soldaten?

SALM Wir sehen nur so aus.

DAS FRÄULEIN Ich liebe die Uniform. Ich bin eine Deutsche aus Metz. Wir hatten viel mit den Herren Soldaten zu tun. Wenns wieder Krieg gäb, das wär fein!

HORST Sie werdens noch erleben, Mädchen.

DAS FRÄULEIN Ich wär auch glücklich mit einem Manöver. Die Herren sind doch Soldaten?

RÜBEZAHL Wir sind keine Soldaten, dumme Kuh!

DAS FRÄULEIN Pardon! Seien Sie nur nicht wild, Sie Großer! Die Herren haben doch Uniform.

KNORKE Wir haben uns nur noch nicht umgezogen seit dem Krieg.

DAS FRÄULEIN *lacht:* Oh pfui, wie pikant!

HALEF Sehr geehrtes Mädchen. Ich bin zwar kein Soldat, aber ich interessiere mich für Manöver. Überhaupt für Übungen – *Er schäkert mit ihr.*

KNORKE *zu Salm:* Sie heißt Schramm. Mit dem seltenen Vornamen Anna. Sie wohnt in der Prinzenstraße unter sechs und hat sich an den Sladek gehängt. Sie ist im gefährlichen Alter und könnte für ihren Bubi auch sterben.

SALM Ein schöner Abend heute abend.

KNORKE Sie weiß alles, vielleicht auch das, was ihr bevorsteht. Sie wird trotzdem jede versteckte Patrone der Republik abliefern und alles den Polen verraten. Sie ist toll.

SALM Ein schöner Abend heute abend.

KNORKE Ich verstehe, Leutnantleben. Liebling, wir verstehen uns wie ein Liebespaar. Es ist ein schöner Abend heute abend, und es wird für manches Kind keinen schöneren mehr geben.

SALM Was, wenn Sladek nicht kommt?

KNORKE Er kommt. Er haßt sie nämlich.

SALM Warum?

KNORKE Warum haßt man einen Menschen? Entweder weil er einem nichts gibt oder zuviel gegeben hat. Sie wird ihn ausgehalten haben. Sie muß mal sehr geil gewesen sein.

HORST Das Schandweib gehört totgeprügelt.

SALM Könntest du sie totprügeln?

HORST Im Interesse des Verlandes, – jederzeit. Wir hatten zu Hause einen reinrassigen Dobermann. Dem habe ich einmal die Beine zusammengebunden und losgeprügelt, bis ich nicht mehr konnte. Das Vieh gab keinen Ton von sich. Es gibt so stolze Köter. Es hat mich nur angeschaut.

SALM Du bist so herrlich hemmungslos, so göttlich selbstverständlich. Das soll Wodka sein! Ich habe meine Jugend vergeudet.

HORST Bitte, nur nicht sentimental!

SALM Nein, ich bin nur traurig. Wenn man so zurückdenkt: Damals, du wirst erst sechs Jahre gewesen sein, damals war ich Hauslehrer in Siebenbürgen. Was ich dort bei den Rumäninnen Kraft ließ – ja, das Weib haßt den Mann, auch in der Tierwelt gibt es dafür Beispiele. Ich hab erst in der Gefangenschaft mein besseres Ich entdeckt, ich danke es dem Krieg, er wies mich den rechten Weg. Horst, du folgtest meinem Rufe.

HORST Halt! Ich habe um meiner Ideale willen und nicht aus persönlichen Gefühlen Papa und Mama verlassen.

Ich wäre auch ohne dich durchgebrannt – jetzt hätte ich bald das Abitur. Wozu? Die Tat gilt mehr als das Wissen, die Waffe mehr als das Wort.

SALM Sei nicht grausam.

HORST Quält dich die Wahrheit? Stehst du über dem Vaterlande? Daß du immer Illusionen brauchst!

SALM Wie der kleine Kerl quälen kann –

RÜBEZAHL Salm! Du hast ein Profil wie Bruno Kastner, aber ich hab kein Geld. Hast du Geld? Die Schweiz ist ein gelobtes Land.

SALM Besauf dich nicht!

RÜBEZAHL Poussier dein Knäblein, Pädagog! Ich halt das Maul im Delirium, jedoch möchte ich nur bemerken, daß es vorschriftsmäßiger gewesen wäre, wenn wir das Schwein Schminke postwendend in der Kiesgrube –

SALM *unterbricht ihn:* Kusch!

RÜBEZAHL *grinst:* Wir sind unter uns, Tante Frieda. Ist das ein Dorf! – Wie das klingt »unter uns«.

HALEF Wie?

RÜBEZAHL Keine Ahnung. Ab und zu verblöde ich. Dann möchte ich Großkaufmann sein. Konfektion.

KNORKE Ich möcht wieder mal auf eine Redoute. Mit Frack und steifer Brust.

RÜBEZAHL Nein, das ist nicht das Ideal. Das Ideal ist ein kleines Häuschen auf dem Lande – und die Fenster müßten so niedrig sein, daß man von draußen hereinsehen kann, daß man das Sofa sehen kann. Und die Bilder.

DAS FRÄULEIN Die Herren sind mit dem Auto gekommen?

HALEF Wir sind Geschäftsreisende. Wir vertreten eine große Lebensversicherung. Unser Chef ist ein jüdischer Kommerzienrat, und jener neunzehnjährige Jüngling ist sein Sohn.

HORST Ich bin erst siebzehn.

HALEF Und was du schon für Hüften hast!

SALM Halef, es gibt Dinge, die jenseits des Witzes liegen.

HALEF Zu Befehl, Majestät! Ich fürchte nur, daß er die moderne Linie verliert.

DAS FRÄULEIN Daß sich die moderne Linie derart durchsetzt, ist nur eine Folge der Unterernährung. Der Kriegskost.

RÜBEZAHL Jaja, man sieht kaum mehr Busen.

DAS FRÄULEIN Sind Sie blind?

HALEF Ja, er ist blind. Ich hingegen sehe ungewöhnlich scharf.

KNORKE Ich auch.

HALEF *umarmt sie:* Ha du, als wär kein Krieg gewesen! Ich liebe den Frieden. Du kannst mal mit mir fahren, im Auto.

DAS FRÄULEIN Nein, das ist mir zu gefährlich.

RÜBEZAHL *scharf:* Wie meinen Sie das?

DAS FRÄULEIN *droht mit dem Finger:* Nanana, Sie ganz Böser! Sie können mich nicht hypnotisieren. Ich fahre aus Prinzip mit keinem Herrn mehr durch die Nacht. Da war einmal ein Chauffeur, ein geborener Österreicher, der lud mich ein zur Mondscheinpartie, und auf der Landstraße wollte er mich vergewaltigen. Ich habe gesagt: Mein Herr, das kann man nicht so ohne weiteres. Er hat gesagt: Ist das aber eine Hure! Und dann hat er mich auch noch beschimpft.

SLADEK *kommt.*

DAS FRÄULEIN Guten Abend der Herr!

SLADEK *bleibt stehen:* Guten Abend.

KNORKE Sladek! Hier! – Nun?

SLADEK Ich bin da. Ich halt mein Wort. Ich bin bereit.

KNORKE Das freut uns außerordentlich.

SALM Haben wir noch Benzin?

HALEF Dreieinhalb Tropfen. Nicht ganz.

SALM *zu Horst:* Kauf das bessere Öl. Nimm Halef mit.

HORST UND HALEF *ab.*

RÜBEZAHL Wir brauchen bald ein neues Auto.

KNORKE *zu Sladek:* Und wie geht es der gnädigen Frau?

SLADEK Es ist aus. Radikal.

KNORKE Man gratuliert.

SLADEK Danke.

DAS FRÄULEIN *spielt am Grammophon die Träumerei von Schumann.*

KNORKE Du weißt, was mit einer gnädigen Frau geschieht, die Soldaten vor dem Feinde verrät?

SLADEK Sie hat noch nichts verraten.

KNORKE Aber sie wird uns verraten.

SLADEK Wenn sie uns verrät, so gebührt ihr nichts anderes.

KNORKE Soll man warten, bis einen der Feind vernichtet?

SLADEK Nein. In der Natur wird gemordet, das ändert sich nicht.

SALM Wir sind Natur.

KNORKE Du bist auch Natur.

SLADEK Ja.

KNORKE Also?

SLADEK Also.

SALM Zur Sache.

SLADEK *sonderbar erregt:* Meine Herren! Als ich sie kennenlernte, war sie um fünfzehn Jahre jünger als zuletzt, obwohl bis dahin nur vier Jahre vergangen sind, aber der Reiz war schon eigentlich nach zwei Jahr weg, der natürliche Reiz –. Meine Herren, das alles ist doch kein Problem, das ist nur traurig.

SALM Zur Sache.

KNORKE Du wartest hier. Wir haben es nur zu melden und sind bald wieder da. Dann erlauben wir uns, der gnädigen Frau unsere Aufwartung zu machen. Du hast doch den Schlüssel?

SLADEK Ja.

KNORKE Du läßt die Haustür offen, verstanden? Wir warten unten zehn Minuten, dann wirst du einen Pfiff hören, und dann sind wir auch schon droben. Die zehn Minuten brauchen wir, du mußt ihr etwas vorspielen, damit sie nur nichts ahnt und schreit. Sie ist nämlich raffiniert, das weißt du ja. Sag ihr, du seiest zurückgekehrt, hättest alles bereut – es ist alles ungeschehen und du liebst sie, verstanden?

SLADEK Ja.

SALM Sladek, falls du es dir überlegen solltest –

SLADEK *unterbricht ihn:* Ihr müßt mir nicht drohen. Ich habe keine Angst. Ich hab mir das alles genau überlegt und kann selbständig denken. Das ist anerkannt.

SALM Das spielt keine Rolle.

SLADEK Oho!

SALM Zahlen!

DAS FRÄULEIN Alles zusammen?

SALM Wir sind eine Familie.

RÜBEZAHL Sein Vater ist mein Sohn.

SLADEK Wann faß ich meine Uniform?

KNORKE *zu Sladek:* Bald.

SLADEK Auf Wiedersehn.

SALM *zu Rübezahl:* Los, sonst weint der General!

RÜBEZAHL Weißt du, was ich jetzt gesehen habe? Mein Häuschen. Es ist wirklich das Einzige. Wenn alles mit Deutschland klappt, dann kauf ich mir die niedrigen Fenster – *Ab.*

SALM *zu Knorke; deutet auf Sladek; leise:* Der Kerl ist doch blöd!

KNORKE Besser blöd als feig. *Ab mit Salm.*

DAS FRÄULEIN Auf Wiedersehn die Herren! Auf Wiedersehn! *Sie beschäftigt sich mit ihrem Strumpfband.*

SLADEK *beobachtet sie:* Auf Wiedersehn.

DAS FRÄULEIN Der Herr kennt die Herren? Das waren

doch Soldaten? Nicht? Oder? So antworten Sie doch! Sind Sie taub?

SLADEK Ja.

DAS FRÄULEIN Die Männer heutzutag sind alle originell. – Was wünscht der Herr? Trinken wir eine Flasche Wein?

SLADEK Was kostet das?

DAS FRÄULEIN Eine Milliarde.

SLADEK Und, was kosten Sie?

DAS FRÄULEIN Wie meint das der Herr?

SLADEK Wenns nicht stimmt, so sagen Sies nur. Ich habe gehört, daß Sie sich für eine Milliarde ausziehen.

DAS FRÄULEIN Manche Herren trinken lieber Wein.

SLADEK Ich nicht. Ich krieg nämlich keinen Rausch. Ich spei nur alles voll.

DAS FRÄULEIN Ist das so schlimm? Dann ziehe ich mich lieber aus.

SLADEK Eine Milliarde ist viel Geld.

DAS FRÄULEIN Der Herr sind Kaufmann?

SLADEK Ich bin kein Schieber.

DAS FRÄULEIN Also redlich verdient?

SLADEK Nein.

DAS FRÄULEIN Geschenkt?

SLADEK Nein.

DAS FRÄULEIN Es geht mich auch nichts an.

SLADEK Ich habe die Milliarde gestohlen. Ich kenn nämlich eine Witwe, die hat noch drei im Schrank. Sie verdient sehr schön und liebt mich, das heißt: Eigentlich gibt es keine Liebe. Man muß nur selbständig denken. Es ist ein glattes Geschäft. Sie hat sich den Sladek gekauft. Ich hab mich ihr ganz gegeben, aber sie ist so eifersüchtig, daß ich nicht zum Arbeiten komm. Sie will herrschen, drum läßt sie mich um jede Million betteln, Da hab ich die Milliarde gestohlen, sie gehört mir, ich bin im Recht. Gib mir eine Zigarette.

DAS FRÄULEIN Du gefällst mir immer besser. Gib mir die Milliarde.

SLADEK Zieh dich aus.

DAS FRÄULEIN Hernach.

SLADEK Hernach wird man geprellt.

DAS FRÄULEIN Du hast viel mit schlechten Frauen verkehrt.

SLADEK Eigentlich nur mit Huren.

DAS FRÄULEIN Pfui! Sowas sagt man nicht!

SLADEK Sie weiß, daß ich fort will, aber sie sieht es nicht ein. Ich bin zu rücksichtsvoll. Alles hat ein End. Diesmal radikal. – Weißt du, was das Furchtbarste ist? Wenn man will und kann nicht.

DAS FRÄULEIN *lacht.*

SLADEK Lach nicht!

DAS FRÄULEIN Das ist doch komisch!

SLADEK Nein, das ist tragisch. Wenn etwas schon lange tot ist, vielleicht nie gelebt hat, und man redet damit, als wärs gesund. Ich bin nicht feig und wollt nie Theater spielen und habs doch getan. Sie hat es gewußt, daß sie nur winseln muß, und ich verlier die Kraft. Weil ich ein anständiger Mensch bin, zu guter Letzt. Aber damit Geschäfte machen, das ist ein Verbrechen.

DAS FRÄULEIN Du mußt ewig gearbeitet haben, um auf solche Gedanken zu kommen.

SLADEK Ich hab noch nie richtig gearbeitet. Sie hat es nicht gern gesehen, daß ich was verdien. Sie hatte Angst, ich könnte ohne sie leben. Sie hat mich lieber ausgehalten, das ist das berühmte mütterliche Gefühl. Auch so ein Verbrechen.

DAS FRÄULEIN *beugt sich über ihn:* Sprich nicht mehr. Das ist mir alles zu hoch. Gib mir die Milliarde –

SLADEK Du hast so eine schöne Haut –

DAS FRÄULEIN Ich bin auch ein Sonntagskind.

SLADEK Ich nicht. – Du bist so weich.

DAS FRÄULEIN Das hat jede Frau.

SLADEK Nein, nicht jede.

DAS FRÄULEIN Was der kleine Mann für große Augen hat. Schau mich an. Wohin schaust du denn?

SLADEK Ich schau dich an.

DAS FRÄULEIN Nein.

SLADEK Doch.

DAS FRÄULEIN Du schaust mich an und doch nicht an. Hinter mir ist nichts. Ich glaube, du findest den richtigen Kontakt zum Weibe nicht.

SLADEK Möglich.

DAS FRÄULEIN Gib mir die Milliarde, dann zieh ich mich aus.

SLADEK *gibt sie ihr.*

DAS FRÄULEIN *küßt ihn:* Danke. *Sie zieht sich aus.* Du bist ein einsamer Mensch. Du mußt öfters kommen, sonst wirst du noch melancholisch. Das Weib ist die Krone der Schöpfung.

SLADEK Zieh dich ganz aus.

DAS FRÄULEIN Nein. Heute regnet es, und ich bin sehr empfindlich.

SLADEK Zieh dich ganz aus.

DAS FRÄULEIN Nein! Ich werde krank.

SLADEK Ich hab dir die Milliarde gegeben, und du hast versprochen –

DAS FRÄULEIN *unterbricht ihn:* Nichts habe ich versprochen! Willst du, daß ich mir den Tod hole?

SLADEK Das geht mich nichts an! Ich laß mich nicht betrügen!

DAS FRÄULEIN Schreien Sie nicht so mit mir, Sie!

SLADEK Kusch, Krone der Schöpfung!

DAS FRÄULEIN Ich bin doch kein Hund! Ich bin ein Mensch, Sie! Hinaus! Zurück oder ich schrei! Ich schrei, du Lump, du Dieb! Hier wird nicht gehaßt, hier wird geliebt! *Sie schreit und flieht.*

SLADEK *allein; starrt ihr nach.*

ANNA *erscheint:* Guten Abend, Sladek.

Stille.

Ich dachte, du bist Soldat. Und schon in Uniform.

SLADEK Nein. – Es ist offen, vorne, das Kleid.

ANNA *knöpft es rasch zu.*

SLADEK Laß es nur.

ANNA Ja, es wird nichts geschehen. – Ich bin dir wiedermal nachgeschlichen. Ich habe dir nur noch etwas mitzuteilen, dann geh ich wieder.

SLADEK Anna –. Ich wollte wieder zu dir kommen.

ANNA *starrt ihn entsetzt an:* Das ist nicht wahr!

SLADEK Doch.

ANNA *sieht sich ängstlich um:* Wo warst du?

SLADEK Bei den Soldaten. Ich hab mir das alles überlegt.

ANNA Was willst du von mir? – Was denkst du jetzt?

SLADEK Daß alles wieder gut wird.

ANNA Das gibt es nicht.

SLADEK Ich hab dich lieb.

ANNA Nein, nein.

SLADEK Ich lüge nicht.

ANNA Heut abend hättest du mich erschlagen können.

SLADEK Ich hab dich nie gehaßt.

ANNA Doch. Und mit Recht. Ja, mit Recht. Das wollte ich dir sagen.

Stille.

Ich bin daran schuld. Es war nicht recht von mir, daß ich dich mit aller Gewalt hielt, daß ich daran dachte, mit dir ein Leben lang zusammen –. Ich hätte längst abtreten müssen, aber ich dachte nur an mich. Ich habe dich gequält, ich war dir überall im Weg. Ich hab über dich bestimmt, jetzt ist es mir, als hätt ich das alles berechnet. Verzeih mir. Es ist mir plötzlich klar geworden. Klar. Klar.

Stille.

Geh, bitte. Es hat keinen Sinn, daß du bei mir bleibst. Das ist sicher nur so ein plötzliches Gefühl für mich, das bildest du dir ein. Es ist aus. Warum bin ich nicht zwanzig Jahre jünger? Warum hab ich dich damals getroffen? Es war ein reiner Zufall, das Leben ist grausam. Nein, nicht du – ich hab dich genommen, ich hab mich an dich gekettet, ich hab dir alles gegeben, alles verlangt. Und dann hab ich immer etwas gesucht, es ist dir nicht aufgefallen. Du bist eine andere Welt. Du siehst anders, hörst anders, denkst anders. – Geh, Sladek. Geh, wohin du willst. Es ist wirklich nicht schön hier. Ich halt dich nicht. Marschier mit deinen Soldaten, ich werde keine einzige versteckte Patrone anzeigen, ich geh auch nicht zu den Polen. Ich verrate nichts. Geh, bitte. Ich bleib zurück.

SALM, HORST, RÜBEZAHL *erscheinen hinter Anna.*

SLADEK *erblickt sie und versteinert.*

ANNA Du bist jung. Ich bin schon grau. Zwischen uns stehen hundert Jahr.

SALM Drauf!

ANNA Sladek! Was ist das!? Was ist das?!

RÜBEZAHL *stürzt sich auf Anna:* Was ist das!

ANNA Hilfe! Hilfe! – Au!

RÜBEZAHL Das Mensch plärrt!

ANNA Sladek! Sladek!

SLADEK Halt!

SALM *mit dem Revolver; zu Sladek:* Zurück! Zurück!

RÜBEZAHL *ersticht Anna:* Verrat uns! Verrat uns! Vieh!

ANNA *bricht zusammen und winselt:* Au – Sladek, du schlechter Mensch – Du, du, du – *Sie stirbt.*

Stille.

SALM *zu Sladek:* Hände hoch! Was sollte das Halt?
SLADEK Weil sie unschuldig war.
SALM Das gibt es nicht.
SLADEK Doch.
SALM Seit wann?
SLADEK Seit zwei Minuten. Sie wollt nichts verraten, hat sie gesagt. Ich glaub keiner Frau, aber diesmal wars eine außerordentliche Ausnahme.
SALM Und?
SLADEK Da gibts kein Und.
SALM Du hast Halt gerufen. Weißt du, daß ein solches Halt die nationale Revolution vernichten kann?
SLADEK Daran hab ich nicht gedacht. Ich hab nur an die Gerechtigkeit gedacht. Es war mir plötzlich, als wären meine Ansichten über die Natur falsch und ich hätt die Wahrheit vergessen. Ich kann nämlich selbständig denken –
SALM *unterbricht ihn:* Du hast nicht selbständig zu denken! Du bist Soldat.
SLADEK Man kann ja nichts dafür.
SALM Du hast dafür zu können! Das ist deine Pflicht!
SLADEK Ihr könnt nichts dafür.
SALM Das rettet dich, du Trottel. Sonst –
SLADEK *unterbricht ihn:* Ich hab keine Angst. Ich bin nicht feig. In der Natur wird gemordet, das ändert sich nicht.
RÜBEZAHL Wie oft hör ich das noch?!
Stimmen unten.
HORST Da spricht wer.
SALM Rasch! Fort!
RÜBEZAHL Sie hat sich bemacht.
SLADEK Radikal.

Ende des Zweiten Aktes.

Dritter Akt

Kiesgrube. Schminke sitzt apathisch an der Wand, bewacht von Horst, Halef und Sladek. Sladek ist endlich in Uniform mit aufgepflanztem Seitengewehr. Am oberen Rande der Grube steht der Hauptmann und wartet auf Salm, Knorke und Rübezahl. Es wird allmählich Tag.

HALEF Jetzt möcht ich mich rasieren.
HORST Es hat stark geregnet, zuvor.
SLADEK Obs wieder regnen wird?
Stille.
HALEF Zu guter Letzt sind die Dreckjuden selbst daran schuld.
SLADEK Ich glaub eigentlich nicht, daß es eine Zukunft gibt.
HORST *zu Sladek:* Du hast dich für das Fräulein interessiert?
SLADEK Sie hat keine Seele. Sie betrügt.
HALEF Hast du eine Seele?
SLADEK Was ist das: Seele?
HALEF Du hast doch gerade gesagt, daß das Fräulein keine Seele hat!
SLADEK Ich?
HORST Du!
SLADEK Ich muß mich versprochen haben. Das ist sehr komisch.
Stille.
Sag: Du bist doch Türke?
HALEF Ich?
SLADEK Ja. Weil du Halef heißt. Ich kannte einen Halef, der hat türkischen Honig verkauft. Aber der hieß eigentlich auch nicht Halef.

HALEF Ich verkaufe türkischen Honig und bin ein geborener Sachse.

SLADEK Dresden soll schön sein.

HORST Wer war schon in Nürnberg?

HALEF Nürnberg ist schön.

HORST Ja. Dort haben sie eine herrliche Folterkammer in der Burg. Ich habe nach der ersten Kommunion meine Großmutter besucht, die lebt in Nürberg. Die kennt jede Daumenschraube, die hat mir das alles erklärt. Meine Mutter hat Krämpfe bekommen, ich und meine Großmutter haben lachen müssen. Zum Beispiel die eiserne Jungfrau –

HAUPTMANN *ruft:* Halef!

HALEF Majestät!

HAUPTMANN Wo bleibt der Salm?

HORST *lacht leise.*

HAUPTMANN Wer lacht da?

HORST Der Sladek.

SCHMINKE Nein, ich!

Stille.

HAUPTMANN *steigt langsam in die Grube hinab. Er spricht leise mit Halef und Horst.*

SCHMINKE *lauscht.*

HAUPTMANN Der Salm sollte doch schon hier sein.

HALEF Schon längst.

HORST *ironisch:* Er wollte hier sein.

HAUPTMANN *zu Horst:* Wie alt bist du? – Ihr habt wieder gesoffen?

HALEF Nur der Salm. Und unsere rechte Hand: Herr Rübezahl, das deutsche Märchen.

HAUPTMANN Ihr seid gefährlich großzügig. Holt mir den Salm. Und diese rechte Hand. Aber schleunigst! Es wird doch bald Tag.

HALEF UND HORST *ab.*

HAUPTMANN *nähert sich langsam Schminke:* Sie haben soeben gelacht?

SCHMINKE Über diese Kiesgrube.

HAUPTMANN Sie kennen die Bedingung, unter der ich Sie begnadige.

SCHMINKE Es gibt keine Bedingung, unter der ich begnadigt werden könnte. Machen Sie sich nicht lächerlich!

HAUPTMANN Ich pflege mich nicht lächerlich zu machen.

SCHMINKE Pardon! Ich wollte Sie nur aufmerksam machen, daß Sie mich nicht begnadigen dürfen, weil Sie ja befürchten müssen, daß ich alle Ihre Geheimnisse verrate, sobald ich frei bin.

HAUPTMANN Sobald Sie frei sind, wird es keine Geheimnisse mehr geben. Ich warte nur auf das Signal der maßgebenden Stelle. Sobald ich marschiere, sind Sie frei. Allerdings unter der bekannten Bedingung, daß Sie mir Ihre Auftraggeber, auf deren Befehl hin Sie Geheimnisse verraten –

SCHMINKE *unterbricht ihn:* Ich bin ganz allein.

HAUPTMANN Lügen Sie nicht, Feigling!

Stille.

SCHMINKE Ist es nicht feig, mich hier in dieser Kiesgrube –?

HAUPTMANN Es geht um das Vaterland.

SCHMINKE Sie betrachten sich als Vaterland?

HAUPTMANN *fast etwas unsicher:* Ich kämpfe für das Vaterland. Für seine Größe, seine alte Macht. Das verstehen Sie nicht. Ihr Weltreich ist Mist – vielleicht ein schöner Traum. Ich habe mich mit diesen Sachen nicht so beschäftigt. Ich bin Soldat. Ich hab einen traumlosen Schlaf.

Stille.

Sie sind verrückt. Gemeingefährlich verrückt. Glauben Sie denn, Sie Idiot, daß es jemals Frieden geben wird?

SCHMINKE Nein, das glaube ich nicht. *Er wankt etwas.*

HAUPTMANN *braust auf:* Machen Sie sich keinen Narren aus mir, Sie!

SCHMINKE Ich mache mir keinen Narren aus Ihnen. Ich glaube, wir verstehen uns. Sie haben ja von Ihrem Standpunkt aus vollständig recht – es kommt aber nur auf die Höhe des Standpunktes an und wie tief oder hoch man über dem eigenen Standpunkte stehen will – oder kann – *Er faßt sich an den Kopf.* Ich bitte, das Verhör zu unterbrechen – Ich habe einen zu schweren Kopf. Man hat mir nämlich auf den Kopf geschlagen, das kommt davon – *Er lächelt und setzt sich.* Werde ich wieder geprügelt?

HAUPTMANN *wendet sich plötzlich ab und steigt langsam aus der Kiesgrube; wartet wieder oben.*

Pause.

SLADEK *plötzlich:* Sie werden dich nicht mehr schlagen.

SCHMINKE *sieht ihn erstaunt an; spöttisch:* Ich danke sehr.

SLADEK Ich dank auch sehr, daß du mich nicht verraten hast.

DIE ZWEI *fixieren sich.*

SLADEK *lächelt:* Ja, daß du nämlich nicht gesagt hast, daß du mich kennst. Ich hätt dadurch Unangenehmes gehabt, ich wär nämlich leicht in einen Verdacht gekommen, der ja gar nicht stimmt, weil wir uns doch nur kennen, aber immer das Gegenteil denken.

SCHMINKE Wieso?

SLADEK Das weißt du doch.

SCHMINKE Nein.

SLADEK Das gibt es doch nicht.

SCHMINKE Wer bist du?

SLADEK Ich?

SCHMINKE Ja, du.

SLADEK Du kennst mich nicht?

SCHMINKE Nein.

Stille.

SLADEK Ich hab dich gleich erkannt. Ich bin der Sladek.

SCHMINKE Sladek? Kenn ich nicht.

SLADEK Du hast dich mal zur Disskussion gemeldet, man hätt dich fast erschlagen, aber das hätt mir leid getan, denn ich hab die Gerechtigkeit lieb, obwohl es sie nicht gibt. Wir haben debattiert, ich red nämlich nur gern mit intelligenten Menschen, die selbständig denken können, obwohl man das nicht soll. Ich bin nämlich ein sogenannter zurückgezogener Mensch. Ich erinner mich an jedes Wort. Wir haben über Weltpolitik debattiert. Deine Nase hat geblutet.

SCHMINKE Ja, das war jene Diskussion. Aber an dich kann ich mich nicht erinnern.

SLADEK Das tut mir leid, daß du mich vergessen hast.

SCHMINKE *fast etwas spöttisch:* Ich bitte um Verzeihung, aber ich kenne so viele Menschen –

SLADEK *unterbricht ihn:* Bitte, bitte! Der einzelne zählt ja auch nichts, das ist natürlich, obwohl man da komische Erfahrungen machen kann.

Stille.

Es freut mich, daß du zuvor gesagt hast, du glaubst nicht daran, daß es jemals Frieden geben wird, daß es also nur Gewalt gibt und sonst nichts. Daß du dich zu meiner Ansicht über den Sinn des Lebens bekehrt hast, das freut mich, denn du bist ein sogenannter intelligenter Mensch. Hörst du mich?

SCHMINKE *hatte den Kopf in den Händen vergraben; apathisch:* Ja.

SLADEK Der intelligente Mensch gibt seinen Denkfehler zu, ich denk heut auch etwas anders, obwohl ich immer recht gehabt hab, aber es war alles durcheinander. Ich hab mich mit dem Vaterland verwechselt.

Stille.

Es wird zwar immer gemordet, weil man ja nicht anders kann, aber das darf der Einzelne nur als Teil, obwohl ja ganz zu guter Letzt alles für den Einzelnen ist. Es ist aber komisch, daß, wenn man sich als Teil selbständig macht, zum Beispiel beim Morden, man das Gefühl hat, als sollt man doch anders tun, obwohl man doch muß. Hörst du mich?

SCHMINKE *wie vorher:* Ja.

SLADEK Zum Beispiel für das Vaterland darf der Einzelne als Teil zum Beispiel jeden Mord begehen. – Ich war mal bei der Hinrichtung einer Landesverräterin. Das war eine Frau.

SCHMINKE *horcht auf.*

SLADEK Eine Landesverräterin gehört im Interesse des Ganzen erledigt, das ist doch klar. Es war auch alles in Ordnung, auch wenn sie unschuldig gewesen sein sollte, aber wir konnten nicht anders, wir mußten sie hinrichten, das sind manchmal so Umstände. Das ist jetzt nur für dich persönlich, weil, wie gesagt, du selbständig denken kannst und vielleicht das verstehst. Nämlich ich versteh alles, nur das nicht, daß es mir manchmal ist, als hätten die Leut, die diese Frau hingerichtet haben, obwohl sie doch vollkommen im Recht waren, weil sie nicht anders tun konnten, doch unrecht getan. Das ist sehr interessant.

SCHMINKE Sehr.

Stille.

Wer war diese Frau?

SLADEK Das ist Geheimnis. Dieses Ganze, verstehst du, ist nur unter uns –

SCHMINKE Meinst du?

SLADEK Das hab ich nur dir gesagt, bitte.

SCHMINKE Warum?

SLADEK Es ist nur unter uns. Unter uns beiden.

SCHMINKE *spöttisch:* Ich danke dir für das große Vertrauen.

SLADEK Du wirst mich nicht betrügen.

SCHMINKE Wieso?

SLADEK Bitte.

Stille.

SCHMINKE Du betrügst dich selbst. Du denkst als Teil zu selbständig, davon werden deinesgleichen blöd. Jetzt weiß ich, wer du bist.

SLADEK Jetzt erst?

SCHMINKE Du bist der Sladek.

SLADEK Ja.

SCHMINKE Das ist sehr interessant.

Stille.

SLADEK Das ist alles nicht wahr. Das ist alles ganz anders gewesen.

SCHMINKE Das war alles für das Vaterland?

SLADEK Ja, aber es gibt keine Gerechtigkeit. Es ist arg, daß man denken kann.

HAUPTMANN *steigt wieder herab:* Sladek! Was wollte er von dir?

SLADEK Er hat nur gefragt, wann er wieder verhört wird.

HAUPTMANN Jetzt. *Er tritt vor Schminke und fixiert ihn.*

SCHMINKE Sie verstehen mich, das habe ich Ihnen bereits gesagt. Denn Sie sind ja ganz meiner Meinung, nur können Sie es nicht vertragen zu hören, wie Sie eigentlich denken, und deshalb wollen Sie mich nun zwingen, das Gegenteil zu behaupten.

HAUPTMANN Verrückt.

SCHMINKE *lächelt:* Vielleicht gemeingefährlich. Wir müssen ja bei einer bestimmten Grenze aufhören zu denken, das ist ein ungeschriebenes Gesetz. Ich habe kein Recht, das Hoffen des einzelnen Menschen auf den Frieden zu zerstören. Ich habe die Pflicht zum Betrug. Und ganz zu guter Letzt ist das ja gar kein Betrug, denn es dreht sich ja eigentlich nicht darum, wie es der Menschheit tatsächlich ergeht, sondern was sich der einzelne Mensch einbildet. Wir verstehen uns.

HAUPTMANN Finden Sie?

SCHMINKE *lächelt:* Und was den ewigen Frieden anlangt, so glaube ich wirklich nicht daran, aber ich predige ihn, da ich zu guter Letzt an keinen Fortschritt glaube, weil ich weiß, daß es nur einen Fortschritt gibt, wenn man keine Rücksicht auf den einzelnen Menschen nimmt. Es dreht sich doch zu guter Letzt alles um den einzelnen Menschen, darum predige ich den radikalsten Fortschritt, das Recht der unpersönlichen Masse. Es gibt nämlich keinen Fortschritt, solange es die Einzelnen gibt. Das ist doch alles Betrug, nicht wahr?

HALEF *kommt rasch:* Hauptmann!

HAUPTMANN Wo sind die anderen?!

HALEF Verschwunden. *Er nähert sich ihm; unterdrückt.* Es stinkt, Herr General. Wir sind nämlich umzingelt.

HAUPTMANN Umzingelt? Wer? Wir?

HALEF Wir. Glotz nicht.

HAUPTMANN Wer hat uns umzingelt?

HALEF Die anderen. Sie sind in der Nacht gekommen, jetzt wird es Tag, da hat sie der Posten entdeckt. Sie haben Artillerie aufgefahren. Um unser ganzes Fort.

HAUPTMANN Was ist das für Artillerie?

HALEF Reguläre.

HAUPTMANN Reguläre?

HALEF Sie haben einen Parlamentär gesandt mit der weißen Fahne. Als hätten wir Krieg.

DER BUNDESSEKRETÄR *erscheint am oberen Rande der Kiesgrube:* Im Auftrage der maßgebenden Stelle habe ich Ihnen den Beschluß zu überbringen betreffs Ihrer zukünftigen Verwendung, wenn ich mich so ausdrücken darf. Ihre sogenannte Armee wurde seinerzeit aufgestellt erstens als Grenzschutz, da ein etwaiger Einbruch irregulärer feindlicher Formationen befürchtet werden mußte, zweitens als eine Art Notpolizei, die die Aufgabe hatte, auf dem Lande versteckte Waffen zu sammeln oder im Falle eines bolschewistischen Aufstandes neben dem regulären Militär als Selbstschutz eingesetzt zu werden. Da sich aber nun die innerpolitische Lage überraschender Weise derart konsolidiert hat, daß zur Niederschlagung einer kaum zu erwartenden Linksrevolution die vorhandenen regulären Machtmittel des Staates vollständig ausreichen, andererseits die außenpolitische Lage –

HAUPTMANN *unterbricht ihn:* Das ist gelogen. Jedes Wort. Es ist eine Schande! Meine Soldaten sind keine Nachtwächter. Das ist die Armee der nationalen Revolution!

DER BUNDESSEKRETÄR – andererseits die außenpolitische Lage die Möglichkeit, wenn auch nicht einer Versöhnung, so doch der wirtschaftlichen Annäherung der Nationen erhoffen läßt. Wir Deutschen müssen trotz aller Demütigungen diesen Weg betreten aus nationalem Interesse, um die bürgerliche Wirtschaftsordnung zu festigen. Die maßgebende Stelle mußte sich also entschließen – dieser Entschluß fiel ihr nicht leicht – die sofortige Auflösung Ihrer, ich wiederhole: sogenannten Armee zu befehlen. Die maßgebende Stelle wird ihr Möglichstes tun betreffs Unterbringung Ihrer Leute in einem bürgerlichen Beruf.

HAUPTMANN Danke.

Stille.

Das hab ich erwartet, daß ich wieder verraten werde. Wir verzichten auf den bürgerlichen Beruf, dazu muß man geboren sein. Ich denke nicht daran, Verbrechern an deutschen Gedanken, und nennen sie sich auch maßgebende Stelle, zu gehorchen! Sagen Sie es ihr, daß ich auf die Festigung der bürgerlichen Wirtschaftsordnung pfeife, daß ich an keine Versöhnung glaube und daß ich kämpfen werde, bis Deutschland wieder gefürchtet wird!

DER BUNDESSEKRETÄR Ich mache Sie aufmerksam: Falls Sie sich nicht freiwillig auflösen, so haben wir die Gewalt. –

HAUPTMANN *unterbricht ihn:* Mit Artillerie! Ich weiche nicht!

DER BUNDESSEKRETÄR Ich bitte Sie, nicht zu deklamieren. Ergeben Sie sich, oder Sie tragen die volle Verantwortung für ein völlig sinnloses Blutvergießen. Es ist deutsches Blut.

HAUPTMANN Lieber deutsches Blut vergießen als die nationale Wiedergeburt vernichten! Ich fürchte mich nicht!

DER BUNDESSEKRETÄR Ich mache Sie aufmerksam, daß die Inflation anfängt aufzuhören. Ergeben Sie sich –

HAUPTMANN *unterbricht ihn:* Nie!

DER BUNDESSEKRETÄR Falls Sie sich fügen, so kann ich Ihnen inoffiziell erklären, daß ich für meine Person alles dransetzen werde, Sie vor Strafe zu bewahren. Sie verstehen mich?

HAUPTMANN Strafe? Strafe? Wofür? Daß ich mich nicht verraten lasse?!

DER BUNDESSEKRETÄR Sie sind ein Mensch, dem man ab und zu seine Lage klar machen muß –

HAUPTMANN *unterbricht ihn:* Ich verzichte! Ich sehe klar! Ich kenne Freund und Feind!

Stille.

DER BUNDESSEKRETÄR Ich gebe Ihnen Bedenkzeit.

HAUPTMANN Unnötig!

DER BUNDESSEKRETÄR Sollten Sie nicht die weiße Fahne hissen, so eröffnen wir, so weh es uns auch tut und so gerne wir es vermeiden möchten, das Feuer.

HAUPTMANN Machen Sie sich nicht lächerlich.

DER BUNDESSEKRETÄR Sie verkennen sich. *Rasch ab. Pause. Morgenwind.*

HAUPTMANN Diese Hunde. Die gemeinsten Verräter sitzen hinter den eigenen Kulissen! – Hast du gehört, daß sich die maßgebende Stelle versöhnen will?

HALEF Ja, das hab ich auch gehört.

HAUPTMANN Glaubst denn du an den Frieden?

HALEF Ich weiß nichts.

HAUPTMANN Es hat keinen Frieden zu geben, Halef! Jetzt fangen wir an zu existieren! Wir! – Lauf zu Salm, er soll sofort –

HALEF *unterbricht ihn:* Salm ist samt seiner Puppe verschwunden. Unsere rechte Hand. Fort. Ausgerückt.

HAUPTMANN Ausgerückt.

HALEF Hast du das gehört, was dieser Bonze sagte, das mit der Strafe?

HAUPTMANN Hast du Angst?

HALEF Wir sind betrogen. Rein juristisch waren das nämlich korrekte Morde – und der Herr Staatsanwalt wird wohl nicht umhin können anzuklagen. – Vielleicht hat der Herr Staatsanwalt bereits eine Belohnung für die Ergreifung der Mörder ausgesetzt.

HAUPTMANN *ist anderswo:* Wieviel?

HALEF Viel.

Stille.

HAUPTMANN Hast du Angst?

HALEF Ja. Ich hab Angst.

HAUPTMANN So verschwind, feiges Vieh!

HALEF Zu Befehl! Ich lös mich selbst auf. Das würd ich an deiner Stelle auch tun.

HAUPTMANN Halt das Maul! Noch bin ich nicht verreckt. Ich bin noch ich!

HALEF Hauptmann! Ich bin Soldat. Ich hasse diese Republik, aber ich schieße nicht sinnlos auf deutsche Soldaten.

HAUPTMANN Das sind keine Soldaten, das sind Halunken!

HALEF Das sind Deutsche wie wir.

HAUPTMANN Wenn das noch Deutsche sind, dann ist jeder Rote ein Deutscher!

HALEF Vielleicht! Vielleicht!

Stille.

HAUPTMANN *nähert sich ihm langsam und schlägt ihn plötzlich vor die Brust, daß er zurücktaumelt.*

In der Ferne fällt ein Kanonenschuß.

HALEF Jetzt ist Schluß! Ich war vier Jahre im Feld, der Krieg ist aus! Aus! Ich fall nicht für dich! Auf dem Felde deiner privaten Ehre! *Er flieht.*

In der Ferne fällt ein Kanonenschuß.

SLADEK Hauptmann!

HAUPTMANN *verwirrt:* Was ist das?!

SLADEK Ich.

HAUPTMANN Wer ist das: ›Ich‹?

SLADEK Ich. *Er nähert sich.* Hauptmann, du bist ganz weiß.

HAUPTMANN *lächelt böse:* So?

SLADEK *blickt empor:* Was surrt da? Wie das surrt –

In der Nähe schlägt eine Granate ein.

HAUPTMANN Sie zielen hierher! Sie müssen mich treffen! Marsch, Sladek! Das gilt nur mir! Nur mir!

SLADEK Mir auch.

HAUPTMANN Nur mir! Nur mir! Wer bist denn du?! Nichts! Nichts! Marsch, Sladek! Marsch!

SLADEK Ich hab keine Angst. In der Natur wird gemordet, das ändert sich nicht. Es surrt.

HAUPTMANN Sie beschießen mich mit Artillerie! Nur mich!

In der Kiesgrube schlägt eine Granate ein.

HAUPTMANN *verschwindet im Pulverdampf.*

SLADEK *bricht getroffen langsam in die Knie.*

SCHMINKE *lacht.*

SLADEK Du lachst –? Du lachst, wenn ich getroffen bin –?

SCHMINKE *gewollt spöttisch:* Du hast mich belehrt: Du darfst ja nichts zählen, sonst kommt das Ganze nicht vom Flecke. Du hast mich belehrt. Ich danke dir.

SLADEK Bitte.

Stille.

Es surrt. Immer nur für das Ganze geopfert werden – wo bleibt denn da der Sladek?

SCHMINKE Ich lasse mich nicht mehr hindern. Hörst du?

SLADEK Ja.

SCHMINKE Du gehst mich nichts an.

SLADEK Jetzt lügst du.

SCHMINKE Meinst du?

SLADEK Das ist nicht schön von dir.

REGULÄRE REICHSWEHR *erscheint am oberen Rande der Kiesgrube.*

DER BUNDESSEKRETÄR *tritt vor:* Peter Schminke! Schminke!

EINE STIMME Schminke: Hier!

DER BUNDESSEKRETÄR *hält ihm ein Zeitungsblatt entgegen:* Sie behaupten in diesem Artikel, daß eine maßgebende Stelle der deutschen Republik entgegen unseren außenpolitischen Verpflichtungen heimlich Soldaten geworben und ausgebildet hat, die unter dem Kommando eines ehemaligen Hauptmanns eine sogenannte schwarze Reichswehr gebildet haben. Sie schreiben fernerhin, daß diese Truppen zum Schutze ihrer Existenz Selbstjustiz übten – Sie reden von Feme. Sie wagen die ungeheuerliche Behauptung, daß aus Angst vor Enthüllung Menschen zu Tode gemartert wurden und nicht nur verratsverdächtige, sondern auch vollkommen Unschuldige. Sie ›enthüllen‹ hier auch ein Verbrechen, einen nachgewiesenermaßen ganz gewöhnlichen Mord, nämlich den Fall Sladek.

SCHMINKE *zu Sladek:* Wagst du es zu leugnen, daß du es mir selbst erzählt hast, wie jene Bedauernswerte im sogenannten Interesse des sogenannten Vaterlands »hingerichtet« wurde?

SLADEK Das ist sehr kompliziert –

DER BUNDESSEKRETÄR Jener Sladek ist ein verkommenes Subjekt, das die mütterliche Liebe einer alternden Frau in egoistischer Weise ausnützte. Ein arbeitsscheuer Lump, ließ er sich aushalten und trieb sich mit ihren kleinen Ersparnissen, die er ihr aus dem Schranke stahl, mit Huren herum. Und weil sie das nicht mehr mit ansehen wollte, hat er sie in bestialischer Weise ermordet.

SLADEK *lauscht:* Es surrt. Es surrt –

DER BUNDESSEKRETÄR Ihr Artikel kann uns Wehrlosen nur schaden. Das ist Wasser auf die Mühle der gehässigsten feindlichen Propaganda. Sie hindern des Deutschen Reiches Wiedererstarkung, indem das Ausland kraft solcher Artikel an unserem aufrechten Verständigungswillen zweifelt. Es gab keine schwarze Reichswehr! Alle Ihre Behauptungen sind glatte Fälschungen! Landesverrat! Landesverrat!

SCHMINKE Ich selbst sollte ermordet werden, weil ich der Republik dienen wollte! Daß Sie das als gerecht empfinden, darüber bin ich mir klar.

DER BUNDESSEKRETÄR Sie sind Pazifist?

SCHMINKE Nein!

DER BUNDESSEKRETÄR Sie sind Terrorist?

SCHMINKE Ich muß.

SLADEK Das hab ich auch schon gehört. Das hab ich auch schon gehört –

DER BUNDESSEKRETÄR Sie bekämpfen den Staat an sich?

SCHMINKE Ihren Staat!

DER BUNDESSEKRETÄR Es gibt nur einen Staat, und der wird sich zu schützen wissen! Auch der Wurm krümmt sich, wenn er getreten wird!

SLADEK – auch der Wurm krümmt sich, wenn er getreten wird – *Er bricht ganz zusammen.*

Musik in der Ferne.

DER BUNDESSEKRETÄR Die furchtbaren Tage der Inflation haben wir nun gottlob überwunden. Das deutsche Volk befindet sich im kraftvollen Wiederaufstieg. Es hat Unglaubliches ertragen und Ungeheueres vollbracht.

SLADEK Ich bitte mich als Menschen zu betrachten und nicht als Zeit – *Er stirbt.*

GESANG *Männer, Frauen, Kinder:*

Einigkeit und Recht und Freiheit
Für des Deutschen Vaterland!
Danach laßt uns alle streben
Brüderlich mit Herz und Hand!
Deutschland, Deutschland über alles
Über alles in der Welt!

ENDE

Anhang

Entstehung, Überlieferung, Textgestaltung

Nach dem Volksstück *Revolte auf Côte 3018* und dessen Neufassung unter dem Titel *Die Bergbahn* sowie der Komödie *Zur schönen Aussicht* und der begonnenen, aber 1928 noch nicht fertiggestellten Posse *Rund um den Kongreß*, war Horváths *Sladek* das dritte seiner Stücke, das in einen Bühnenvertrieb übernommen wurde. Während es von dem Fragment *Dósa* (Band 15) mehrere handschriftliche Entwürfe und Typoskripte gibt, auch zu *Mord in der Mohrengasse* Skizzen und das Typoskript aufgefunden wurden, ebenso Skizzen und Entwürfe zu *Zur schönen Aussicht* (Band 1) und zu *Rund um den Kongreß* (Band 1), sind von *Sladek* keine Manuskripte oder Typoskripte Horváths mehr vorhanden.

Das einzig gesicherte Datum ist das Jahr des Copyright-Vermerks in dem »als unverkäufliches Manuskript vervielfältigt[en]« Exemplar der Volksbühnen-Verlags- und Vertriebsgesellschaft m.b.H., Berlin: 1928.

Kurt R. Grossmann[1] berichtete 1963 in seiner Ossietzky-Biographie[2] über die Vorarbeiten zu der Denkschrift *Acht Jahre politische Justiz*[3] in den Räumen der Liga für Menschenrechte[4] in Berlin und erwähnte, daß auch »der Schriftsteller Ödön von Horváth« in das Büro in der Wilhelmstraße einzog, »um die umfangreichen Unterlagen zu sichten. Ende Mai [1927] war die Arbeit abgeschlossen«.[5] Dem Vorstand der Liga für Menschenrechte gehörte (vom 1. 8. 1926 bis 15. 5. 1927) Carl von Ossietzky[6] an, der seit April 1926 Redakteur an Siegfried Jacobsohns[7] »Wochenschrift für Politik – Kunst – Wirtschaft« Die Weltbühne war und sie dann ab Mai 1927 leitete. Am 18. 8. 1925 hatte Die Weltbühne mit der Publikation einer Aufsatzreihe über »Fememorde« unter dem Titel *Die Vaterländischen Verbände*[8] begonnen. In dem mit drei Sternen statt eines Namens gekennzeichneten Artikel hieß es: »Ich bin in die vaterländische Bewegung gekommen, ehrlich begeistert vom Ideal des nationalen Gedankens. Was ich dort fand, war ein Sumpf der niedrigsten Gesinnung und erbärmlichster Leidenschaften, eine Atmosphäre von Mordlust und Zynismus. Mit Entsetzen wandte ich mich zur Flucht.« Weitere »Erlebnisse und Erfahrungen« über das »Netz der Organisationen und die Hintermänner«, über die »Schwarze Reichswehr« und über die »Feme« folgten. Weitere Fakten mit neuem Material publizierte Die Weltbühne in den Nummern der nächsten Wochen und Monate.[9] 1926 erschienen dann die Aufsätze im Verlag der Weltbühne als Buch unter dem Titel *Verschwörer und Fememörder* und unter dem Namen des Verfassers Carl Mertens.[10]

Am 19. 11. 1926 veranstaltete die Liga für Menschenrechte eine Kundgebung zum Thema »Fememorde und Justiz«, ein Jahr später, am 7. 12. 1927, eine Kundgebung gegen die »Hochflut der Landesverratsprozesse«, nachdem die Liga am 15. 11. 1927 ein von Emil Julius Gumbel[11] ediertes *Sonderheft Landesverrat* innerhalb ihrer Zeitschrift Die Menschenrechte publiziert hatte. Denn Personen, die »Kriegesvorbereitungen, um sie zu verhindern, an den Pranger stellen, Nachrichten öffentlich bekanntmachen, deren Geheimhaltung für das Wohl des Deutschen Reiches erforderlich ist«[12], wurden als Landesverräter verfolgt.

Mit Sicherheit verfolgte Horváth diese Vorgänge sehr genau, da Ossietzkys Weltbühne, wie Joseph Breitbach[13] berichtete, zu Horváths ständiger Lektüre zählte. Horváth habe jede Woche im Café die Auslieferung des neuen Exemplars abgewartet und sei dann sofort an den Kiosk gestürzt, um das erste Exemplar der neuen Nummer zu »ergattern«.[14] Horváth wohnte damals zeitweise in der Luitpoldstraße 34, im selben Haus, in dem auch Ernst Weiß[15], dem Horváth 1930 seinen Roman *Der ewige Spießer* widmete, eine Wohnung hatte.

Am 22. 3. 1927 erschien in der Weltbühne *Plaidoyer für Schulz* von Berthold Jacob[16], aus dem Horváth einiges wörtlich in *Sladek* übernahm.[17]

So kann als Entstehungszeit für *Sladek oder Die schwarze Armee* die zweite Jahreshälfte 1927 angenommen werden, wobei Horváth die Arbeit etwa im Mai 1928 abgeschlossen haben dürfte. Am 28. 5. 1928 schrieb er aus Murnau an Julius Bab[18] in Berlin: *ich habe vor einigen Tagen dem Verlag mein neues Stück übersandt und wollte Ihnen wieder ein Exemplar persönlich zukommen lassen – – ich bin aber leider immer noch nicht fertig mit der Korrektur der Durchschläge.*[19] Gleichzeitig kündigte Horváth seinen Besuch für *Anfang Juni* in Berlin an.

Das nächste im Zusammenhang mit *Sladek* gesicherte Datum ist der 5. 1. 1929: Horváth las in einer »Sonderveranstaltung der Volksbühne« in Berlin, einen Tag nach der Uraufführung der *Bergbahn* an der Berliner Volksbühne, aus seinem *Sladek*; Das Theater, eine Berliner »Illustrierte Monatsschrift für Theater und Gesellschaft«, druckte drei Szenen aus dem ersten Akt ab.[20]
Da der wiederum »als unverkäufliches Manuskript vervielfältigt[e]« Bühnentext der Volksbühnen-Verlags- und Vertriebsgesellschaft m.b.H. von *Sladek, der schwarze Reichswehrmann* den Copyright-Vermerk 1929 trägt, ist davon auszugehen, daß die Umarbeitung erst 1929 erfolgte. Die Gründe für die Neufassung des *Sladek* sind nicht belegbar. Es mögen einerseits die praktischen Bühnenerfahrungen gewesen sein, die Horváth in der Zwischenzeit durch zwei Uraufführungen (*Revolte auf Côte 3018* in Hamburg 1927 und *Die Bergbahn* in Berlin 1929) gewonnen hatte, andererseits vielleicht auch Notwendigkeiten, die sich aus der bevorstehenden Uraufführung des *Sladek* durch das Ensemble der »Aktuellen Bühne« ergaben (Reduzierung der Zahl der Mitwirkenden auf 12; Vereinfachung der Schauplätze[21]). Bei einem Vergleich der beiden *Sladek*-Fassungen drängt sich noch eine weitere, allerdings spekulative, Begründung auf: die Veränderung der politischen Situation im Deutschland der Weimarer Republik. Am 14. 1. 1928 hatte der Reichswehrminister Otto Geßler[22] wegen geheimer Finanzgeschäfte seinen Rücktritt angeboten, und Hindenburg[23] den der Republik gegenüber als loyal geltenden Generalleutnant a.D. Wilhelm Groener[24] als Nachfolger Geßlers bestimmt. In der Reichstagsdebatte zum Wehretat Mitte März 1928 bekannte sich Groener »zu einem gesunden und vernünftigen Pazifismus«, allerdings zu keinem Pazifismus, der einer »knechtischen Gesinnung entspringt«.[25] Am 25. 5. 1928 brachten die Wahlen zum vierten Reichstag einen eindeutigen Gewinn für die Sozialdemokraten (von 131 auf 153 Sitze) und einen Verlust von 25 Sitzen (nunmehr 73) für die Deutschnationalen, während die Nationalsozialisten 2 ihrer 14 Sitze verloren und parlamentarisch (vorerst) bedeutungslos blieben.
Solche Veränderungen machten aus Horváths dokumentarischem Zeitstück ein *historisches Drama, denn die Vorgänge* von 1923 waren 1929 bereits *historisch geworden.* Dies erklärte Horváth in einem

Interview mit der Berliner Zeitung Tempo, das unter der Überschrift *Typ 1902*[26] anläßlich der Uraufführung von *Sladek, der schwarze Reichswehrmann* am 13. 10. 1929 erschien: *Sladek ist als Figur ein völlig aus unserer Zeit herausgeborener und nur durch sie erklärbarer Typ; er ist, wie ein Berliner Verleger ihn einmal nannte, eine Gestalt, die zwischen Büchners Wozzeck und dem Schwejk liegt. Ein ausgesprochener Vertreter jener Jugend, jenes ›Jahrgangs 1902‹, der in seiner Pubertät die ›große Zeit‹, Krieg und Inflation, mitgemacht hat, ist er der Typus des Traditionslosen, Entwurzelten, dem jedes feste Fundament fehlt und der so zum Prototyp des Mitläufers wird. Ohne eigentlich Mörder zu sein, begeht er einen Mord. Ein pessimistischer Sucher, liebt er die Gerechtigkeit – ohne daß er an sie glaubt, er hat keinen Boden, keine Front . . . Die inhaltliche Form meines Stückes ist historisches Drama, denn die Vorgänge sind bereits historisch geworden. Aber seine Idee, seine Tendenz ist ganz heutig. Ich glaube, daß ein wirklicher Dramatiker kein Wort ohne Tendenz schreiben kann. Es kommt nur darauf an, ob sie ihm bewußt wird oder nicht. Allerdings lehne ich durchaus die dichterische Schwarz-Weiß-Zeichnung, auch im sozialen Drama, ab. Da ich die Hauptprobleme der Menschheit in erster Linie von sozialen Gesichtspunkten aus sehe, kam es mir bei meinem ›Sladek‹ vor allem darauf an, die gesellschaftlichen Kräfte aufzuzeigen, aus denen dieser Typus entstanden ist.*

Der *Sladek* bedeute für Horváth, publizierte der Berliner Film-Kurier am 12. 10. 1929, »die Auseinandersetzung mit einer Schicht, die er die ›abgehende Klasse‹ nennt. Den Mittelstand, der zwischen der herrschenden Klasse und der ›zukünftigen‹ steht. ›Wieso kommt es‹, fragt er, ›daß diese Menschen, die heute nicht mehr haben, statt sich sozialistischen Gewerkschaftlern, Kommunisten anzuschließen, in die Kreise der schwarzen Reichswehr geraten?‹ Dieses Problem ist die Grundlage für sein Stück geworden. Kriegsjugend, Inflation, die Zeit des Überganges, das sind die Angelpunkte.« Weiter hieß es in dem Artikel: »Horváth hat diese Menschen kennengelernt. In seiner Münchner Zeit in den Cafés, als während der Hitlerbewegung Norddeutsche nach Bayern versprengt waren. Überall spricht er nur die Klasse, auf die es ihm ankommt. ›Ich kenne die Welt nur von der Aschingerseite[27] aus‹, sagte er. Aber er kennt sie gerade darum gründlich.«

Die Uraufführung von *Sladek, der schwarze Reichswehrmann* fand als Matinée am Sonntag, dem 13. 10. 1929, um 11.30 Uhr durch die »Aktuelle Bühne« am Lessing-Theater in Berlin statt. Regie führte Erich Fisch, das Bühnenbild war von Elfriede Liebthal. Die Besetzung: Otto Matthies (Sladek), Lotte Lieven (Anna), Fritz Ritter (Schminke), Erich Thormann (Hauptmann), Willi Normann (Knorke), Heinrich Gretler (Rübezahl), Franz Weilhammer (Salm), Heinz Greif (Horst), Marcel Marmino (Halef), Max Schreck (Bundessekretär), Grete Kaiser (Fräulein), Elisabeth Bechtel (Bundesschwester).
Das Publikum, unter dem sich auch der sozialdemokratische Reichsinnenminister Carl Severing[28] befand, dem man nachsagte, er habe um die Schwarze Reichswehr gewußt, reagierte teils zurückhaltend, teils mit Unruhe. Unterschiedlich war auch die Kritik. Für Herbert Jhering[29] war das *Sladek*-Stück formal »ältestes Theater« und inhaltlich »dürftig und irreführend«; er nannte es ein »törichtes Stück« und schrieb: »Nein, ein Zeitrichter ist Herr Horváth nicht.«
Und Alfred Kerr[30]: »Propagandastück mit Kunst? Manchmal. Zwischendurch Spuren eines Dichters«; er rügte aber den »Bau« des Stückes als »skizzig«, wie Kurt Pinthus[31], der ebenfalls die Skizzenhaftigkeit kritisierte: »Skizze von Menschen; Skizze eines Dramas; Skizze einer politischen Aktion«, aber »wenn das bestialische Denken und Tun von Irregeführten, die sich Führer dünken, manchmal ins Grausig-Humorige, manchmal ins Sentimental-Melancholische umschlägt, das bezeugt, in kurzen Dialogfetzen, abermals Horváths Talent«.
Der Kritiker Franz Servaes[32] nannte Horváth »eine Zierde des deutschen Kommunistenlagers«, der aus Sladek statt einer tragischen Figur »nur ein lächerliches Bürschlein und einen fadenscheinigen Schwätzer« gemacht habe, »dem kein Tropfen Blut durch die Adern fließt. Also, bitte, nur so fortzufahren, meine Herrschaften. Eklatanter könnt ihr nicht erweisen, wes Geistes Kinder ihr seid!« Für den späteren NS-Reichsdramaturgen Rainer Schlösser[33] war Horváths *Sladek* »dünnstes, dümmstes, lebloses, politisch-tendenziöses ›Zeittheater‹, von keinerlei dramatischem Können angekränkelt«.[34]

Als Vorlage für diesen Abdruck dienten die »als unverkäufliches Manuskript vervielfältigt[en]« Textbücher der Volksbühnen-

Verlags- und Vertriebsgesellschaft m.b.H., Berlin, von *Sladek oder Die schwarze Armee. Historie in drei Akten* (11 Bildern), 1928, und *Sladek, der schwarze Reichswehrmann. Historie aus dem Zeitalter der Inflation in drei Akten*, 1929, da die Manuskripte bzw. Typoskripte Horváths als verschollen gelten müssen.
Die erste Buchveröffentlichung der beiden *Sladek*-Fassungen erfolgte in Band 1 der *Gesammelten Werke* Ödön von Horváths, Frankfurt 1970 (S. 407-482 u. 483-527).
Der Text von *Sladek, der schwarze Reichswehrmann* wurde 1967 erstmals in der Zeitschrift Theater heute (8 [1967], Heft 8, S. 54-60) abgedruckt.
Die Uraufführung von *Sladek oder Die schwarze Armee* fand am 26. 3. 1972 in den Münchner Kammerspielen in der Inszenierung von Oswald Döpke statt, den Sladek spielte Peter Matić.

9 *Die schwarze Armee* – Der Friedensvertrag von Versailles (siehe unter 12) sah in Artikel 160 als »Istrate des Heeres der sämtlichen deutschen Staaten nicht mehr als 100 000 Mann einschließlich der Offiziere und Depots« vor. Diese Begrenzung versuchte man, wie Carl Mertens (siehe S. 145 f.) 1925 aufdeckte, durch eine Reihe von Geheimverbänden zu umgehen. Nach Mertens ging die »Schwarze Reichswehr« bzw. »schwarze Armee« Ende 1922 aus dem Bund »Fridericus Rex« hervor; sie wurde von Oberleutnant a.D. Schulz in Fort Gorgas bei Küstrin gegründet und als »Arbeitskommando» getarnt. Verräter »verfielen der Feme«, d. h. sie wurden ermordet.
Am 2. 11. 1928 erschien im Berliner Reichsverlag (mit Copyright 1929) eine *Geschichte der Schwarzen Reichswehr*, verfaßt von dem Anführer des Küstriner Putsches vom Oktober 1923 (siehe unter 40), dem ehemaligen Major Ernst Buchrucker, unter dem Titel *Im Schatten Seeckts!* Darin hieß es: »Die Arbeitskommandos hatten zwei Aufgaben. Erstens sollten sie das für die Truppenaufstellung nötige im Lande zerstreut liegende Kriegsgerät aller Art sammeln, instandsetzen und in Heeresgebäuden gebrauchsfähig lagern. Dabei sollte aber nach außen der Eindruck entstehen, als würde das Gerät eingesammelt, um gemäß dem Versailler Vertrag zerstört zu werden; besonders gute Stücke konnten den gesetzlichen Reichswehrtruppen überwiesen werden, die dafür eine entsprechende Zahl aus ihren Beständen zur Zerstörung hergeben sollten. Dies alles war aber nur Schein. Es sollte so aussehen, als handele es sich um Aufräumung, Aussonderung und Zerstörung; daher der Name ›Arbeitskommandos‹. Dieser Mantel sollte das verdecken, was wirklich geschah: die Aufstellung der Reservetruppen! Nicht Zerstörung, sondern Instandsetzung von Kriegsgerät! Nicht Zivilarbeiter, sondern Soldaten!«

10 *Zeit* – Durch Anhaltspunkte im Text lassen sich innerhalb des von Horváth mit *Die Inflation und Tage der Wiedererstarkung*

umrissenen Zeitraums der I. und II. Akt auf das Jahr 1923 (siehe unter 13/*Schlageter*; unter 62/*bis Berlin*), der III. Akt auf das Jahr 1925 (siehe unter 86/*der Nordpol*; unter 87/*Haarmann*) festlegen.

Inflation – Begriff aus dem Lateinischen für Geldentwertung, die durch Vermehrung der Zahlungsmittel verursacht wird. Durch die im Versailler Vertrag (siehe unter 12) festgelegten Reparationszahlungen und die Kreditpolitik der Reichsbank kam es am 2. 8. 1922 zu einer lawinenartigen Verschlechterung der Devisenkurse. Einen ersten Höhepunkt erreichte die Inflation in Deutschland im Juni 1923. 1 Pfd. Zucker kostete 1500 Mark, 1 Pfd. Mehl 2500 Mark, 1 Pfd. Fleisch 12 000 Mark. Anfang November 1923 lagen die Preise für 1 Pfd. Brot bei 260 Milliarden, für 1 Pfd. Zucker bei 250 Milliarden und für 1 Pfd. Fleisch bei 3,2 Billionen. Gegen Ende der Inflation entsprach 1 Billion Papiermark dem Wert von 1 Goldmark. Die Währungsreform vom 17. 11. 1923 sollte die Inflation beenden.

Tage der Wiedererstarkung – Ein Sachverständigenausschuß unter Leitung des amerikanischen Rechtsanwalts und Bankiers Charles Gates Dawes (1865-1951) hatte 1923/24 einen Plan ausgearbeitet, der dem durch die Inflation geschwächten Deutschland eine Art »Schonzeit« und eine Anleihe von 800 Millionen Goldmark gewährte, um durch Sanierung des Wirtschafts- und Reichshaushaltes die Voraussetzungen für die weiteren Reparationsleistungen zu schaffen. Mit dem Inkrafttreten des »Dawes-Plans« am 1. 9. 1924 begann eine Phase der Stabilisierung, verbunden mit einer deutlichen Entspannung innerhalb der internationalen Politik. Hinzu kam, daß bei den Reichstagswahlen am 7. 12. 1924 die radikalen Parteien Verluste erzielten, die gemäßigten Parteien aber einen deutlichen Aufschwung nahmen.

11 *Hakenkreuzler* – Ausdruck für alle Mitglieder und Anhänger extrem rechts orientierter, nationalistischer Organisationen in der Weimarer Republik, nachdem Mitglieder des Freikorpsver-

bandes »Brigade Ehrhardt« ihre Stahlhelme 1919 mit Hakenkreuzen »geschmückt« hatten (siehe auch unter 13).

Präsentiermarsch – Auch *Hohenfriedberger Marsch* genannt und angeblich von Friedrich dem Großen (1712-1786) nach seinem Sieg über die Österreicher und Sachsen bei Hohenfriedberg (4. 6. 1745) selbst komponiert.

Judenknecht – Schimpfwort gegen die Anhänger der Politik des jüdischen Außenministes Walther Rathenau (siehe unter 14). Vgl. hierzu auch Eugen Dühring, *Die Judenfrage als Frage der Racenschädlichkeit* aus dem Jahr 1886: »Die Juden haben für die Regierung nur ein einziges Maß, und dementsprechend haben auch wir gegen die Juden nur ein einziges politisches Maß zu handhaben. Die Juden bekämpfen die beste Regierung als schlecht, wenn sie sich nicht dazu herbeiläßt, die Verjudung der Nation Vorschub zu leisten. Sie verherrlichen dagegen die schlechteste Regierung als vortrefflich, wenn sie ihnen in die Hände arbeitet.«
Nach Harry Pross (*Die Zerstörung der deutschen Politik. Dokumente 1871-1933*, Frankfurt 1959, S. 239) gab es 1913 schon 17 Verbände im Deutschen Reich, die von ihren Mitgliedern ein »Blutsbekenntnis« nichtjüdischer Abstammung forderten. Pross nennt vor allem den »Deutschvölkischen Schutz- und Trutzbund«, der 1919 binnen weniger Monate 300 000 Mitglieder erreichte und an der Ermordung Rathenaus wesentlichen Anteil hatte. Als der Schutzbund nach dem Attentat verboten wurde, empfahl der Vorstand seinen Mitgliedern, sich der Hitlerpartei anzuschließen.

Bundesschwester – Der »Stahlhelm«, ein »Bund der Frontsoldaten«, der am 13. 11. 1918 von Franz Seldte (1882-1947) in Magdeburg gegründet worden war und den »Wehrgedanken« pflegte, nahm ab Ende 1923 auch »Nichtkämpfer« in den Bund auf. Neben den Nationalsozialisten und Deutschnationalen gehörte der »Stahlhelm« seit 1929 zur »Nationalen Opposition«.

uns Sieger erdolcht – Die Rechtsparteien und vor allem die Nationalsozialisten sahen die Ursachen der Niederlage Deutschlands 1918 nicht im militärischen und wirtschaftlichen Zusammenbruch, sondern vertraten die These, linksorientierte Bevölkerungsschichten seien dem unbesiegten deutschen Heer in den Rücken gefallen. Zugrunde lag die Äußerung des englischen Generals Sir Frederick Barton Maurice in den Daily News, die am 17. 12. 1918 von der Neuen Zürcher Zeitung verbreitet wurde: »Was die deutsche Armee betrifft, so kann die allgemeine Ansicht in das Wort zusammengefaßt werden: sie wurde von der Zivilbevölkerung von hinten erdolcht.«
Berichtet wird auch von einem Gespräch im November 1918 zwischen dem englischen General Sir Neill Malcolm und General Ludendorff (1865-1937), der die Haltung der Reichsregierung und von Teilen der deutschen Bevölkerung während des Krieges kritisierte. Malcolm richtete an Ludendorff die Frage: »Sie meinen also, daß Sie von rückwärts erdolcht wurden?«
Der sozialdemokratische Schriftsteller Adolf Köster (1883-1930), 1920 Reichsaußenminister (unter Hermann Müller als Reichskanzler) und 1921/22 Reichsinnenminister (unter Joseph Wirth als Reichskanzler), prägte den Begriff »Dolchstoßlegende« mit seiner 1922 in Berlin erschienenen Schrift *Fort mit der Dolchstoßlegende!*

Am Rhein – Anspielung auf die Besatzungstruppen der französischen Armee, der auch Farbige angehörten.

Novemberling – Schimpfwort, das sich gegen Anhänger und Befürworter der Novemberrevolution des Jahres 1918 richtete, als durch politischen Umsturz die Monarchie in Reich und Ländern abgeschafft werden sollte, Arbeiter- und Soldatenräte die Macht ergriffen und ein »Rat der Volksbeauftragten« die Regierung übernahm. Neben Hugo Haase (1863-1919) war Friedrich Ebert (siehe unter 13) Vorsitzender des »Rats der Volksbeauftragten«; er wurde am 11. 2. 1919 von der Nationalversammlung zum Reichspräsidenten gewählt; von da an galt das Schimpfwort auch für alle Anhänger der Regierungspolitik.

12 *Versailler Vertrag* – Nach langwierigen Verhandlungen wurde am 28. 6. 1919 der Friedensvertrag von Versailles abgeschlossen, der dann ab 10. 1. 1920 in Kraft trat. Vgl. hierzu Golo Mann (*Deutsche Geschichte 1919-1945*, Frankfurt 1962, S. 13 f.): »Die Schuld der Friedensmacher von 1919 liegt in der moralischen Überlegenheit, mit der sie den Besiegten behandelten, da sie doch selber alle während der Kriegsjahre kräftig gesündigt hatten, wenn auch mit Gradunterschieden; da sie auch eben jetzt noch tüchtig zu sündigen im Begriff waren. Sie hatten ein Recht, dem Besiegten diese oder jene Bedingung aufzuerlegen, aber nicht, seine Alleinschuld am Krieg zu dekretieren und so der Geschichtsforschung vorzugreifen. [. . .] Die deutsche Regierung unterzeichnete den Vertrag. Der Kriegsschuld- und Reparationsparagraph, die Beschränkung der deutschen Armee und Flotte auf die Macht eines Kleinstaates, die Besetzung der Rheinlande auf fünfzehn Jahre oder länger und die Abtrennung des Saargebietes, dessen Bergwerke von Frankreich ausgebeutet werden sollten – es wurde alles akzeptiert. Aber nicht gutgeheißen. Die Deutschen unterzeichneten unter Protest, weil sie mußten. Sie nannten den Vertrag ein ›Diktat‹ und das war er auch; denn echte Verhandlungen hatten nur unter den Siegern, nicht zwischen Siegern und Besiegten stattgefunden. Ein solcher Vertrag dauert nicht länger als das Macht- und Gewaltverhältnis, auf dem er beruht. Der Besiegte hält ihn nur, solange er besiegt und der Schwächere ist. Er hat keine moralische Verpflichtung, ihn zu halten. Und so wie die Welt ist, wie auf die Dauer die wahren Gewichte sich doch durchzusetzen pflegen, war es nicht wahrscheinlich, daß der Versailler Vertrag lange halten würde.«

Ruhr – Am 9. 1. 1923 stellte die Reparationskommission der Alliierten fest, daß Deutschland mit den Kohlelieferungen im Rückstand sei. Am 11. 1. besetzten zur Sicherung »produktiver Pfänder« französische und belgische Truppen (insgesamt 600 000 Mann) das Ruhrgebiet. Die Reichsregierung unter Kanzler Wilhelm Cuno (1876-1933; November 1922 – August 1923 Reichskanzler) wies ihre Beamten an, passiven Widerstand

zu leisten und den Anordnungen der Besatzungsmächte keine Folge zu leisten.
Besondere Aktivitäten, darauf spielt Horváth an, entwickelte die KPD mit nationalistischen Parolen; besonders nach dem Tod Schlageters (siehe unter 13) eskalierte der »Nationalkommunismus« durch Karl Radek (eigtl. Sobelsohn; 1885-ca.1937), der vor der Komintern (siehe unter 48) in Moskau eine Rede über Schlageter, den »mutigen Soldat der Konterrevolution« hielt. »Die Nation zerfällt. Das Erbe des deutschen Proletariats [. . .] ist bedroht von den Militärstiefeln der französischen Soldateska und der feigen, profitlüsternen Schwäche der deutschen Bourgeosie. Nur die Arbeiterschaft kann die Nation retten.« (Zit. bei Erich Müller, *Nationalbolschewismus*, Hamburg 1933, S. 20; hier zit. nach Kurt Sontheimer, *Antidemokratisches Denken in der Weimarer Republik*, München ^{2}1983, S. 128.)

rheinische Republik – Im Dezember 1918 hatten sich im Rheinland separatistische Kräfte formiert. So plante der Kölner Oberbürgermeister Konrad Adenauer (1876-1967) die Gründung einer »Westdeutschen Republik«, der Berliner Staatsanwalt Hans Adam Dorten die Errichtung einer »Rheinischen Republik«, die am 1. 6. 1919 in Wiesbaden ausgerufen wurde, aber schon drei Tage später an einem Generalstreik der Arbeiter scheiterte. Horváth spielt hier auf einen erneuten Versuch im Oktober 1923, eine »Rheinische Republik« zu gründen, an. Vgl. hierzu den anonymen Beitrag *Zwischen Darmstadt und Mainz* in der Weltbühne vom 10. 1. 1924: »Die hiesigen Anhänger der Rheinischen Republik sind ohne Ausnahme Nichtstuer, wegen Diebstahls Vorbestrafte und einige Zugezogene mit dunkler Vergangenheit. Nicht ein Einziger ist dabei, der imstande wäre, einer Verwaltung vorzustehen. Meiner Kenntnis nach sind die Verhältnisse hier in der Gegend bis nach Mainz und Wiesbaden die gleichen: überall die gleichen Leute, ohne Verantwortungsgefühl, ohne politisches Ziel, es ist nur eine Gelegenheit, etwas Geld zu verdienen [. . .]. Ein selbständiger Rheinstaat wird kommen. Aber darüber herrscht bei allen Parteien nur eine

Meinung, daß es mit den Leuten, die bei dieser Bewegung beteiligt waren, keine Gemeinschaft gibt –«

von der Maas – Die letzten Verszeilen aus dem Refrain des *Deutschlandliedes*, das am 11. 8. 1922 durch den Reichspräsidenten Friedrich Ebert (siehe unter 13) zur deutschen Nationalhymne erklärt wurde. Der Text mit dem ursprünglichen Titel *Das Lied der Deutschen* von Heinrich Hoffmann von Fallersleben (1798-1874) wurde 1841 zur Kaiserhymne von Joseph Haydn (1732-1809) *Gott erhalte, Franz den Kaiser* verfaßt und als »Flugblattlied« verbreitet.

Juden aller Länder – Entsprechend dem Schlußsatz im *Kommunistischen Manifest* (1848) von Karl Marx (1818-1883) und Friedrich Engels (1830-1895): »Proletarier aller Länder vereinigt Euch!«.

Schwarzrotgold – Von 1919 bis 1933 die deutschen Reichsfarben.

passive Widerstand – Gemeint ist der »passive Widerstand«, zu dem die Regierung Cuno im Ruhrgebiet 1923 aufgerufen hatte (siehe auch unter 12).

13 *den jüdisch-jesuitischen Fetzen von Weimar* – Rechtsradikale Anspielung auf die Reichsfahne (*Fetzen von Weimar*) als Symbol der ›jüdischen‹ Politik Rathenaus (siehe unter 14) und die Einflußnahme in außenpolitischen Fragen des katholischen Theologen Ludwig Kaas (1881-1952) als Reichstagsabgeordneter.

Rache für Straßburg! – Straßburg, die Hauptstadt von Elsaß-Lothringen, als Symbol für die in Artikel 51 bis 79 des Versailler Vertrags (siehe unter 12) festgelegte Abtretung des seit 1871 zu Deutschland gehörenden Gebietes.

Rache für Schlesien! – Seit Februar 1920 war das oberschlesische

Industriegebiet einer französisch geleiteten, alliierten Kontrollkommission unterstellt. Bei der Volksabstimmung am 20. 3. 1921, an der sich 98% der Bevölkerung beteiligten, entschieden sich 59,6% für Deutschland und 40,4% für Polen. Am 2. 5. 1921 besetzten polnische Freischärler das westliche Gebiet bis zur Oder. Das Eingreifen deutscher »Selbstschutzorganisationen« und »Bürgerwehren« veranlaßte die Alliierten am 21. 10. 1921, die Teilung Schlesiens zu verfügen, wobei der wichtigste Teil des Industriegebietes an Polen fiel. Am 1. 2. 1922 kam es bei Gleiwitz zu erneuten blutigen Zusammenstößen zwischen Franzosen und Oberschlesiern.

Für Schleswig! – Nach einer Volksabstimmung am 10. 2. 1920 mußte, auf Grund der Artikel 109 bis 114 des Versailler Vertrages, Nordschleswig an Dänemark abgetreten werden.

Für Schlageter! – Albert Leo Schlageter (1894-1923), Kaufmann, von 1919-1921 Freikorpsmitglied, war im April 1923 als Teilnehmer an Sabotageakten auf Bahnlinien und Brücken des Ruhrgebietes von den französischen Militärbehörden verhaftet und zum Tode verurteilt worden. Am 26. 5. 1929 wurde Schlageter in der Golzheimer Heide bei Düsseldorf erschossen.

Kam'rad reich mir die Hände – Lied der »Brigade Ehrhardt«, die 1919 nach ihrem Gründer, einem ehemaligen Offizier, Hermann Ehrhardt (1881-1971) benannt worden war und nach der Beteiligung am Kapp-Putsch (13. 3.-17. 3. 1920) in Berlin auf Drängen der Alliierten verboten wurde. Der Text stammt von Erich Tessmer; die Melodie wurde von Ernst Hanfstaengl einem amerikanischen Soldatenlied »nachempfunden«.

Sturmabteilung Hitler – In der ursprünglichen Liedfassung hieß es: »Brigade Ehrhardt/Werden wir genannt!«. Die »Sturmabteilung«, abgekürzt SA, war am 3. 8. 1921 als Turn- und Sportabteilung der NSDAP gegründet und ursprünglich als angeblicher »Saalschutz« bei Veranstaltungen eingesetzt worden. Am 1. 5. 1923 riskierte Hitler mit bewaffneten SA-Trupps in München einen Putsch, den er am 8./9. 11. 1923 mit der Ausrufung der »Nationalen Revolution« und dem »Marsch zur Feldherrenhalle« zu wiederholen versuchte. Nach dem Scheitern des Putsches wurde die NSDAP und auch die SA verboten.

Ebert – Friedrich Ebert (1871-1925), SPD-Politiker, am 9. 11. 1918 Reichskanzler, übernahm am 11. 11. 1918 zusammen mit Hugo Haase den Vorsitz des »Rats der Volksbeauftragten« und wurde am 11. 2. 1919 zum Reichspräsidenten gewählt (bis 30. 6. 1925). Um die demokratische Republik zu schützen, machte er von seinen Machtbefugnissen nach Artikel 48 der Verfassung (siehe unter 74) unnachgiebig Gebrauch.

Judenrepublik – Vgl. hierzu Hans-Jochen Gamm, *Judentumskunde. Eine Einführung*, München 1964, S. 91: »Die fünfzehnjährige Spanne der Weimarer Republik war die einzige Phase der deutsch-jüdischen Symbiose, in der den Anhängern des alten Glaubens tatsächlich die gleiche persönliche Erfahrungsmöglichkeit gewährleistet war, wie jeder anderen Gruppe. Freilich hat gerade diese Epoche auch die Judenfeindschaft erheblich vertieft. In der Propaganda der Rechtsparteien wurde der Weimarer Staat geradezu als »Judenrepublik« abgewertet; man verwies dabei auf die Minister jüdischen Herkommens, die zwischen 1918 und 1933 an der Staatsführung beteiligt waren (Preuß, Rathenau, Landsberg, Gradnauer, Hilferding).« – Hugo Preuß (1860-1925), 1918 Staatssekretär des Innern; maßgeblich an der Ausarbeitung der Weimarer Verfassung beteiligt; 1919 Reichsinnenminister. Walther Rathenau (siehe unter 14). Otto Landsberg (1869-1948) gehörte 1919 dem »Rat der Volksbeauftragten« an; 1919 Reichsjustizminister; 1920-1923 Gesandter in Brüssel; 1924 (bis 1933) Mitglied des Reichtags (SPD). Georg Gradnauer (1866-1946) 1898-1907, 1912-1918, 1919, 1920-1924 Mitglied des Reichtags; 1919-1921 sächsischer Ministerpräsident; 1921 Reichsinnenminister. Rudolf Hilferding (1877-1941), 1923 und 1928/29 Reichsfinanzminister; 1924-1933 Mitglied des Reichstags (SPD).

Doktor Wirth – Joseph Wirth (1879-1956), ursprünglich Lehrer, 1920 Reichsfinanzminister, Mai 1921 – November 1922 Reichskanzler und Befürworter der »Erfüllungspolitik«, womit die Rechtsradikalen Wirths Politik, die aus dem Versailler Vertrag entstandenen Verpflichtungen zu erfüllen, um damit die Grenzen der Leistungsfähigkeit Deutschland zu demonstrieren, diffamierten. Als am 24. 6. 1922 der deutsche Außenminister Walther Rathenau (siehe unten) ermordet wurde, rechnete Wirth am nächsten Tag vor dem Reichstag mit den Deutschnationalen ab und sagte: »Da steht der Feind, der sein Gift in die Wunden seines Volkes träufelt. Da steht der Feind! und darüber ist kein Zweifel: dieser Feind steht rechts!« Er bewirkte, daß Reichspräsident Ebert am 27. 6. 1922, gestützt auf Artikel 48 der Reichsverfassung, eine Notverordnung erließ, mit der er sich den Haß der Deutschnationalen zuzog.

14 *Rathenau* – Walter Rathenau (1867-1922), Politiker und Industrieller, wurde wie Wirth wegen seiner »Erfüllungspolitik« angegriffen; man warf ihm mangelndes Nationalgefühl und »knechtische Gesinnung« vor. Am 24. 6. 1922 wurde Rathenau, unterwegs zu seinem Ministerium (er war seit dem 1. 2. 1922 deutscher Außenminister), von dem Oberleutnant a.D. Erwin Kern, dem 20jährigen Studenten Techow und dem 25jährigen Ingenieur Hermann Fischer ermordet. Es war der 376. politische Mord in Deutschland seit 1919.

die gottverdammte Judensau! – 1921, als Walther Rathenau Wiederaufbauminister geworden war, hatte eine Hetze eingesetzt, die durch die Unterzeichnung des Rapallo-Vertrags (16. 4. 1922), durch den die Sowjetunion völkerrechtliche Anerkennung fand, eskalierte. Die Tatsache, daß Rathenau mit der Sowjetunion eine Sondervereinbarung zur Aufnahme diplomatischer Beziehungen und zum Verzicht auf Ersatz von Kriegsschäden getroffen hatte, reichte für die Deutschnationalen und Rechtsradikalen aus ihm Sympathisieren mit dem Bolschewismus vorzuwerfen. In Verbindung mit dem Antisemitismus dieser Parteien entstanden die von Horváth zitierten authentischen

Haßtiraden, die der nationalistischen Presse seiner Zeit entnommen sind.

Bei uns in der Schule – Vgl. hierzu *Sechsunddreißig Stunden* (Band 12).

Cicero – Marcus Tullius Cicero (106-43 v. Chr.), römischer Staatsmann, Verfasser von *De re publica* (54-51 v. Chr.). Hier jedoch nicht Anspielung auf die Inhalte des staatstheoretischen Werkes, sondern auf Cicero als den Autor von Texten im Lateinunterricht der Schulen.

15 *Wir treten zum Beten* – Niederländisches Dankgebet; Volksweise.

17 *Spartakus* – Abkürzung für den »Spartakusbund«, der am 1. 1. 1916 in Berlin durch Abspaltung von den Sozialisten gegründet wurde. Die »Spartakisten« waren aktiv an der Novemberrevolution beteiligt. Aus dem »Spartakusbund« entstand in Berlin am 1. 1. 1919 die KPD.

unsere Kolonien – Artikel 119 des Versailler Vertrags lautete: »Deutschland verzichtet zugunsten der alliierten und assoziierten Hauptmächte auf alle seine Rechte und Ansprüche bezüglich seiner überseeischen Besitzungen.« Die ehemals deutschen Kolonien wurden dem Völkerbund unterstellt. Aber schon am 25. 2. 1920 forderte die NSDAP innerhalb ihres Parteiprogramms »Land und Boden (Kolonien) zur Ernährung unseres Volkes und Ansiedlung unseres Bevölkerungsüberschusses«, eine Forderung, die auch von den Ideologen der Partei immer wieder aufgestellt wurde. Vgl. hierzu auch *Jugend ohne Gott* (13, 159).

18 *Wohlauf Kameraden* – Lied aus *Wallensteins Lager* (1798) von Friedrich Schiller (1759-1805).

19 *Bei Anna* – Vgl. zu Horváths Motiv der Liebe des jüngeren

Mannes zur älteren Frau auch *Zur schönen Aussicht* (Band 1) und *Geschichten aus dem Wiener Wald* (Band 4).

Deutschlandlied – siehe unter 12.

20 *Entente* – Aus dem Französischen: Bündnis, Einverständnis.

21 *alle Waffen abzuliefern* – Gegen die Stimmen der USPD (Unabhängige Sozialdemokratische Partei Deutschlands), KPD und Teile der DNVP (Deutschnationale Volkspartei) hatte der Reichstag am 5. 8. 1920 ein Gesetz über die Entwaffnung der Bevölkerung verabschiedet. Aus Berlin wurde am 7. 10. 1920 gemeldet, daß während der letzten 10 Tage in der Stadt 120 000 Gewehre und Karabiner, 913 Maschinengewehre, 239 Maschinenpistolen, 17 Geschütze, 11 Minenwerfer, 13 Flammenwerfer und über 3,6 Millionen Schuß Handwaffenmunition abgeliefert worden waren. Diese Waffenlager dienten dann aber den rechtsradikalen Geheimorganisationen zur Bewaffnung. Siehe hierzu auch unter 9.

26 *Im Weinhaus Zur alten Liebe* – Vgl. dazu auch die Entwürfe zu *Italienische Nacht* (Band 3).

28 *Bruno Kastner* – (gest. 1932), Schauspieler, von Asta Nielsen (1881-1972) Ende 1918 für den Stummfilm entdeckt, wurde 1921 durch eine Umfrage vom Publikum zum besten deutschen Schauspieler gewählt. »Jeder, der Augen hat zu sehen, weiß, daß Kastner nichts kann«, schreibt Curt Riess. »Die Kritiker sagen es auch bei jeder Gelegenheit. Aber bald steht sein Bild eingerahmt auf den Nachttischen von hunderttausend Frauen und Mädchen. Wenn er in einem Kino persönlich erscheint, um sich zu verbeugen, decken sie ihn im wahrsten Sinne des Wortes mit Jubel zu. [. . .] Jeder Film mit Kastner ist ein todsicheres Geschäft.«
Kastner drehte bis zu 10 Filme im Jahr: *Wenn die Maske fällt!*, *Die Frau mit dem Etwas*, *Der letzte Sonnensohn*, *Das Paradies im Schnee*, *Artistentreue*, *Weiße Rosen*, *Allerseelen*. Aber mit

Beginn des Tonfilms blieben die Rollen aus. Nur Max Ophüls gab ihm 1932 noch eine Chance in *Liebelei*, doch niemand beachtete ihn in der kleinen Rolle. Während einer Tournee, veranstaltet vom »Künstlernoteinsatz«, beging Bruno Kastner im Hotel Selbstmord. (Zit. nach Curt Riess, *Das alles gab's einmal. Die große Zeit des deutschen Films*, Wien–München 1977, Bd. 1, S. 130 f., Bd. 2, S. 131 f.)

poussier deinen Knaben – Vgl. hierzu auch Horváths Ausdruck *homosexuelle Hitlerianer* in *36 Stunden* (Band 12).

Kommerzienrat – Titel für besondere Verdienste in Handel und Industrie, der bis 1919 verliehen wurde.

30 *Träumerei von Schumann* – Gemeint ist die Komposition von Robert Schumann (1810-1856).

38 *Hauptquartier* – Hauptquartiere der Schwarzen Reichswehr waren, Carl Mertens folgend, die Zitadelle Spandau, die Forts Hahneberg, Döberitz, Küstrin und Frankfurt/Oder.

Pour le mérite – Dt.: »für das Verdienst«; Bezeichnung des von Friedrich dem Großen (1712-1786) im Jahr 1740 gestifteten Militär- und Zivildienstordens, der später (1810-1918) zum höchsten preußischen Kriegsorden wurde.

40 *Burg* – Die ältesten Teile der Burg von Nürnberg stammen aus dem 11. Jahrhundert.

eiserne Jungfrau – Ein angeblich mittelalterliches Folterwerkzeug in Form einer aufklappbaren Figur, an deren Innenseite sich Eisenspitzen befinden, die sich beim Zuklappen in den Körper bohren sollten. Die »Eiserne Jungfrau« auf der Burg von Nürnberg ist eine nur zu Schauzwecken hergestellte Arbeit aus dem 19. Jahrhundert.

41 *Hauptmann* – Modell für diese Figur Horváths war der Major

a. D. Ernst Buchrucker, der die »Schwarze Reichswehr« organisierte und dessen Putschversuch vom 1. 10. 1923 in Küstrin am Widerstand der regulären Reichswehr scheiterte. Zu zehn Jahren Festungshaft verurteilt, wurde Buchrucker 1927 begnadigt. (Siehe auch unter 9.)

42 *als ich aus Tsingtau kam* – Tsingtau od. Tsingtao, eine chinesische Stadt in der Provinz Schantung; von einem Dorf dieser Provinz, wo deutsche Missionare buddhistische Tempel in katholische Kirchen verwandelt hatten, ging 1900 der sog. »Boxeraufstand« aus. Die Parole der I-ho-t'uan, des »Schutzverbandes für Gerechtigkeit und Eintracht«, lautete: »Stützt die mandschurische Ch'ing-Dynastie und vernichtet die Ausländer!« Ihre Aktionen richteten sich vor allem gegen Eisenbahnlinien und Missionsstationen. Unter dem Kommando des deutschen Chefs des Generalstabes Alfred Graf von Waldersee (1832-1904) wurde, in Absprache mit den europäischen Großmächten, den USA und Japan, ein internationales Hilfskorps zur Niederschlagung des »Boxeraufstandes« zusammengestellt. Bei der Verabschiedung der deutschen Truppen am 27. 7. 1900 in Wilhelmshafen hielt Kaiser Wilhelm II. (1888-1918) eine Rede, die in der Welt heftig kritisiert wurde. In der Rede an die deutschen Truppen hieß es: »Wer euch in die Hand fällt, sei euch verfallen. Wie vor tausend Jahren die Hunnen unter König Etzel sich einen Namen gemacht, der sie noch jetzt in Überlieferung und Märchen gewaltig erscheinen läßt, so möge der Name Deutsche in China auf tausend Jahre durch euch in einer Weise bestätigt werden, daß niemals wieder ein Chinese es wagt, einen Deutschen auch nur scheel anzusehen!« (Siehe auch unter 108, S. 173.)

43 *Nord und Süd* – Nach Axel Fritz (*Ödön von Horváth als Kritiker seiner Zeit. Studien zum Werk in seinem Verhältnis zum politischen, sozialen und kulturellen Zeitgeschehen*. Stockholm 1971, Diss., Anm. 105 zu S. 77) könnte diese Stelle »eine Anspielung auf die Weigerung der rechtsorientierten Regierung Kahr in Bayern sein, die Notverordnung vom 26. 8. 1921 zur Einschränkung der Versammlungsfreiheit anzuwenden, womit

Bayern in der Praxis allen Rechtsextremisten eine Zufluchtsstätte bot«. Fritz beruft sich auf Hans Herzfeld, *Die Weimarer Republik*, Frankfurt–Berlin 1966. Doch scheinen für den Satz des Bundessekretärs *Die sind sich noch nicht einig, Nord und Süd!* Horváth als Quelle die Oktoberereignisse des Jahres 1923 gedient zu haben, als es zwischen der Reichsregierung in Berlin und dem bayerischen Reichswehrkommandeur Otto von Lossow zu harten Differenzen kam. Während von Lossow den »Einmarsch nach Berlin und Ausrufung der Errichtung der nationalen Diktatur« (24. 10.) erwog und seine Einheiten sich unter dem Stichwort »Herbstübung 1923) auf »innere Unruhen« (26. 10.) vorbereiteten, erwog die Reichsregierung den Einmarsch mit Einheiten der Reichswehr in Bayern, der aber am 3. 11. an der Weigerung General von Seeckts scheiterte.

44 *wie in Ungarn* – Am 16. 11. 1918 war Michael von Károlyi (1875-1955) zum Präsidenten der ungarischen Republik gewählt worden; 1919 folgte unter Béla Kun (1886-1937) eine Kommunistische Räterepublik. 1920 erfolgte in Ungarn die Wiederherstellung der Monarchie unter Admiral Nikolauś von Horthy (1868-1957) als Reichsverweser. Am 21. 10. 1921 versuchte Kaiser Karl I. (1887-1922) von Österreich (1916-1918) und König von Ungarn auf seinen früheren Thron zurückzukehren. Es kam zu Kämpfen, die drei Tage später mit der Verhaftung und Verbannung Kaiser Karls I. und seiner Frau Zita von Bourbon-Parma (geb. 1892) beendet wurden.

den zweiten Befreiungskrieg – »Befreiungskriege« als Begriff für die Kämpfe der Jahre 1813 bis 1815, die Europa von der Herrschaft Napoleon I. (1769-1821) befreien sollten. Auch damals bildeten deutsche Freiwillige sog. »Freikorps«, deren berühmtestes das Lützowsche Freikorps mit den Farben Schwarz-Rot-Gold war.
Mit dem Begriff des »zweiten Befreiungskrieges« ist hier der von Teilen der Schwarzen Reichswehr geplante Putsch und die Beseitigung der Weimarer Republik gemeint. (Siehe auch unter 41.)

Erfüllungspolitik der Rathenau und Genossen – Siehe unter 14.

45 *einen Staat gerettet* – Der kommunistische Spartakusbund hatte am 28. 1. 1918 die Rüstungsarbeiter in Berlin zu einem Massenstreik aufgerufen, dem etwa 200 000 Arbeiter gefolgt waren, die von der Regierung die sofortige Beendigung des Krieges verlangten. In den beiden darauffolgenden Tagen weitete sich der Streik, an dem sich dann insgesamt eine halbe Million Arbeiter beteiligten, auf sämtliche deutschen Industriegebiete aus. Das Militär griff ein und drohte allen Streikenden mit der Verhängung eines verschärften Belagerungszustandes. Jeder Arbeiter, der nicht bis zum 4. Februar die Arbeit wiederaufnahm, sollte vor ein Kriegsgericht gestellt werden. Der Streik brach zusammen.
Am 5. 1. 1919 besetzten bewaffnete Mitglieder der am 1. 1. von Rosa Luxemburg (1870-1919) und Karl Liebknecht (1871-1919) gegründeten Kommunistischen Partei Deutschlands das Berliner Zeitungsviertel und riefen die Arbeiter zum bewaffneten Kampf gegen die Reichsregierung Friedrich Ebert und Philipp Scheidemann (1865-1939) auf. Mit Hilfe von Regierungstruppen wurde der Aufstand am 11. und 12. 1. niedergeschlagen. Friedrich Ebert erklärte: »Bolschewismus ist der Tod des Friedens, Tod der Freiheit, Tod des Sozialismus, der nur in aufbauender Arbeit sein Werk, die Befreiung des Volkes aus den Fesseln der wirtschaftlichen Ausbeutung, vollenden kann.«

Interalliierte Kontrollkommission – 1919-1927 tätiger Ausschuß der Siegermächte zur Überwachung der Entmilitarisierung.

46 *Gott-mit-uns* – Inschrift auf dem Koppelschloß der deutschen Uniformen, nach der Losung, die Gustav Adolf (1594-1632) vor der Schlacht auf dem Breitenfelde bei Leipzig am 17. 9. 1631 an seine Soldaten ausgegeben hatte.

48 *dritte Internationale* – Auf Lenins Initiative hin im März 1919 in Moskau gegründete Weltorganisation der Kommunistischen Parteien, auch Komintern genannt.

49 *des vierten Standes* – Bezeichnung für die Klasse des sog. »Lohnarbeiterproletariats« bzw. der Tagelöhner.

Die Republik ist die Hure der Juden und Jesuiten – Siehe unter 13.

55 *zum Beispiel für das Vaterland* – Vgl. hierzu den Satz des Feldwebels Thieme: »Für das Vaterland muß man Alles, auch einen Mord begehen!«, zitiert bei Berthold Jacob, *Plaidoyer für Schulz*, Weltbühne, 23. Jg., Nr. 12, 22. 3. 1927, S. 450.

62 *bis Berlin* – Entsprechend den Absichten Major Buchruckers (siehe unter 41).

67 *Die Justiz* – In den Jahren 1924-1927 wurden, nach Gumbel (*Vom Fememord zur Reichskanzlei*, Heidelberg 1962, S. 71), vor deutschen Gerichten über 10 000 Anzeigen wegen Hoch- und Landesverrats behandelt und 1071 Personen verurteilt. Siehe dazu auch S. 145 f.
Dieter Hildebrandt (*Ödön von Horváth in Selbstzeugnissen und Bilddokumenten*, Reinbek 1975, S. 41) sieht in dieser Szene Horváths »eine Darstellung jener Tribunale, die 1927 wegen Feme-Morden stattfanden, aber vor allem jenes Prozesses, der Ende 1927 den Journalisten der ›Weltbühne‹ gemacht wurde, weil sie die Feme-Morde publik gemacht hatten«.
Nach Ansicht des Hg. scheint Horváth jedoch für die Figur des Franz der Fall des Journalisten Walter Oehme als Modell gedient zu haben. Gegen Oehme wurde im August 1923 vor dem Feriensenat des Reichsgerichts unter Ausschluß der Öffentlichkeit verhandelt, weil man ihm vorwarf, er habe »geheime Auslandsbüros im Solde ›kapitalistischer‹ Regierungen bedient und überdies deutsche kommunistische Abgeordnete mit Material versehen« (Hans Natonek, *Oehme und Fechenbach*, in: Weltbühne 19. Jg., Nr. 37, 13. 9. 1923, S. 273 f.). Oehme hatte im März 1923 über den Ministerrat berichtet, in dem General von Seeckt den Plan zur Bildung einer nationalen Abwehrorganisation an der Ostgrenze entworfen hatte, dem dann die Schwarze

Reichswehr entsprach. Wegen »versuchten Verrats militärischer Geheimnisse in Tateinheit mit versuchtem Landesverrat« wurde Oehme am 18. 8. 1923 zu einem Jahr Gefängnis verurteilt »und gleichzeitig seine sofortige Entlassung verfügt« (Berthold Jacob, *Plaidoyer für Schulz*, in: Weltbühne, 23. Jg., Nr. 12, 22. 3. 1927, S. 447 f.).

69 *Si vis pacem, para bellum* – Wenn du Frieden haben willst, mußt du zum Kriege rüsten!«; nach Fl. Vegetius Renatus *Epitoma rei militaris* (um 400 n. Chr.): »Qui desiderat pacem, praeparet bellum.«

71 *Selbst er hat im Tempel* – Bild der Vertreibung der Händler und Wechsler aus dem Tempel durch Jesus bei Matthäus 21, 12-13, Lukas 19, 45-46, Johannes 2, 13-16.

Auch der Wurm krümmt sich – Zitat nach: »Der kleinste Wurm getreten, windet sich«, in: *The History of Henrie the Fourth* (1597; dt.: *Heinrich IV.*) von William Shakespeare (1564-1616).

72 *Aftermieter* – Veralteter österr. Ausdruck für Untermieter.

73 *die Internationale* – Kampflied der Arbeiterklasse (»Steht auf, Verdammte dieser Erde . . .«), von Pierre Degeyter (1848-1932) im Jahr 1888 komponiert zu dem Text von Eugène Pottier (1816-1887), den dieser im Juni 1871 geschrieben hatte. In Deutschland wurde die »Internationale« 1901 in der Textfassung von Franz Dietrich (»Nur Mut, Verfemte dieser Erde . . .«) und 1902 in einer Textfassung von Rudolf Lavant (»Empor, ihr Enterbten der Erde . . .«) bekannt. Eine neue Übersetzung von Franz Dietrich (»Nun reckt empor des Elends Stirnen . . .«) kam 1908 heraus; 1910 erschien dann die Übersetzung von Fritz Luckhardt »Wacht auf, Verdammte dieser Erde . . .« (Nach: Walter Moßmann und Peter Schleuning, *Alte und neue politische Lieder. Entstehung und Gebrauch, Texte und Noten*, Reinbek [2]1980.)

74 *Schupo* – Abkürzung für »Schutzpolizei«.

Sipo – Abkürzung für »Sicherheitspolizei«.

Gösch – Niederländ. Ausdruck für die »Bugflagge« bzw. das dem Flaggenstock zugekehrte Obereck von Flaggen; lt. Verordnung vom 1. 1. 1922 hatte die »Gösch« der deutschen schwarz-weiß-roten Handelsflagge die Farben Schwarz-Rot-Gold, die Reichsfarben der Weimarer Republik.

Artikel 48 – In Artikel 48 der Verfassung des Deutschen Reichs, vom 11. 8. 1919 hieß es: »Wenn ein Land die ihm nach der Reichsverfassung oder den Reichsgesetzen obliegenden Pflichten nicht erfüllt, kann der Reichspräsident es dazu mit Hilfe der bewaffneten Macht anhalten. Der Reichspräsident kann, wenn im Deutschen Reiche die öffentliche Sicherheit und Ordnung erheblich gestört oder gefährdet wird, die zur Wiederherstellung der öffentlichen Sicherheit und Ordnung nötigen Maßnahmen treffen, erforderlichenfalls mit Hilfe der bewaffneten Macht einschreiten.« Dieselben Maßnahmen standen auch den Landesregierungen zu.
Gleichzeitig wird hier auch auf die Notverordnung zum Schutz der Republik angespielt, die Friedrich Ebert (siehe unter 13), gestützt auf Artikel 48, am 26. 6. 1922 nach der Ermordung Rathenaus erlassen hatte. Diese Verordnung ermöglichte das Verbot republikfeindlicher Vereinigungen, Veranstaltungen und Druckschriften, bedrohte die Zugehörigkeit zu Femeorganisationen mit lebenslänglichem Zuchthaus oder mit der Todesstrafe. Außerdem wurde die Errichtung eines Staatsgerichtshofs als Sondergericht zur Aburteilung republikfeindlicher Straftaten verfügt.

77 *zweiter Alexander* – Anspielung auf Alexander den Großen (356-323 v. Chr.).

79 *mit den Sternlein zusammenhängt* – Vgl. hierzu vor allem *Geschichten aus dem Wiener Wald* (Band 4) und *Kasimir und Karoline* (Band 5).

Kartlerin – Österr. Ausdruck für Kartenlegerin bzw. Wahrsagerin.

der bayerische Rupprecht – Rupprecht (1869-1955), Kronprinz von Bayern, Sohn Ludwigs III., war in Bayern sehr populär.

84 *Der neudeutsche Staat* – Horváth spielt hier auf die durch den Tod von Friedrich Ebert (28. 2. 1925) notwendig gewordene Reichspräsidentenwahl vom Frühjahr 1925 an. Am 29. 3. 1925 hatte keiner der sieben Kandidaten die notwendige Mehrheit erzielt. Beim zweiten Wahlgang am 26. 4. 1925 hatten sich die Rechtsparteien (DNVP, DVP, BVP und der bayrische Bauernbund) zum »Reichsblock« zusammengeschlossen und Paul von Hindenburg (1847-1934) als Kandidaten aufgestellt. SPD, DDP und Zentrum bildeten den »Volksblock« mit dem ehemaligen Reichskanzler Wilhelm Marx (1863-1948) als Kandidaten. Ernst Thälmann (1886-1944) kandidierte für die KPD. Mit 14,6 Millionen Stimmen wurde Paul von Hindenburg zum neuen Reichspräsidenten gewählt (gegen 13,7 Mill. Stimmen für Marx und 1,9 Mill. Stimmen für Thälmann).
Im Wahlaufruf des »Reichsblock« vom 8. 4. 1925 hatte es geheißen: »Hindenburg war Euer Führer in guter und schwerer Zeit. Ihr seid ihm gefolgt, Ihr habt ihn geliebt, er hat Euch nie verlassen. Kämpft für ihn auch jetzt, wo er in alter Führertreue wieder an Eure Spitze treten will, um seinem Vaterlande im Frieden und Aufbau zu dienen. [. . .] Mit Hindenburg zum Siege für die Einheit aller Deutschen, für christliche Art und sozialen Fortschritt, für des Vaterlandes Größe und Freiheit. Hindenburg, der Retter aus der Zwietracht.« Hindenburgs Wahlsieg, so die Rechtsparteien, war die »Heimkehr des alten Preußen in das neue Deutschland«. (Zit. nach Wolfgang Michalka und Gottfried Niedhart, *Die ungeliebte Republik. Dokumente zur Innen- und Außenpolitik Weimars 1918-1933*, München ²1981, S. 218 ff.)

Tiraden – Aus der Goethezeit stammender, dem Französischen entlehnter Ausdruck für einen salbungsvollen Wortschwall.

86 *Rummelplatz* – Beliebter Schauplatz bei Horváth. Vgl. *Kasimir und Karoline* (Band 5) und *Ein Kind unserer Zeit* (Band 14).

Nordpol – Am 23. Mai 1923 versuchte der Norweger Roald Amundsen (1872, seit 1928 verschollen) von Alaska aus den Nordpol zu überfliegen und scheiterte. Auch sein zweiter Versuch im Mai/Juni 1925, auf den Horváth hier anspielt, von Spitzbergen aus den Nordpol zu überfliegen, mißglückte. Am 9. 5. 1926 gelang (nach eigenen, nicht überprüfbaren Angaben) den beiden Amerikanern Richard Evelyn Bird und Lloyd Bennet der Flug über den Nordpol, und am 12. 5. 1926 auch Roald Amundsen.

87 *Haarmann* – Fritz Haarmann (1879-1924), seit 1918 als Spitzel in Polizeidiensten und seit 1923 Inhaber eines Detektiv-Büros, wurde am 23. 6. 1924 in Hannover verhaftet und gestand, insgesamt 24 junge Männer umgebracht zu haben. Am 19. 12. 1924 wurde Haarmann zum Tod verurteilt und hingerichtet.

88 *Sie sind aus kultiviertem Hause* – Dietmar Goltschnigg sieht in diesem Satz »eine personifizierte Persiflage der nationalsozialistischen Ideologie. Man kann ihn geradezu – wie der folgende Textvergleich mit einer autobiographischen Stelle aus Hitlers *Kampf* (Adolf Hitler, *Mein Kampf*, zit. nach der 805. Aufl. München, Zentralverlag der NSDAP, Franz Ehers Nachf. 1943, S. 18) belegt – als eine Parodie des ›Führers‹ auffassen: ›Eine einzige Trübung trat manchmal ein: mein malerisches Talent schien übertroffen zu werden von meinem zeichnerischen, besonders auf fast allen Gebieten der Architektur.‹« (Dietmar Goltschnigg, *Das Individuum als geknechtete Kreatur in der Gesellschaft. Die Spuren von Büchners »Woyzeck« in Ödön von Horváths dramatischem Werk*, in: Modern Austrian Literature, Vol. 8, No. 3/4, 1975, S. 113-125, hier S. 117.)

90 *fabelhaften Film* – Vgl. hierzu Hans Siemsen (1928): »Aus Amerika kamen in der letzten Zeit drei Filme unter pazifistischer Flagge zu uns: *Stacheldraht, Rivalen, Die große Parade*. Alle

drei von erheblichem Niveau der Regie und Darstellung. Wirklich, ernsthaft, eindeutig pazifistisch, kriegs- und militärfeindlich? – Nicht einer von ihnen! Am ehesten noch *Stacheldraht*, der auf etwas kitschig-sentimentale Weise, aber ernsthaft und für naive Gemüter überzeugend für Völkerversöhnung eintritt. [...] *Rivalen*, ein glänzend gespielter Spielfilm, schildert, wie der Titel sagt, die Rivalität zweier Kerls um das Weibchen. [...] Der Krieg, von der Regie ungemein geschickt benutzt, bildet den ›ernsten‹ Hintergrund. Er wird nicht geradezu falsch, aber ganz gewiß auch nicht in seiner schauerlichen Wahrheit dargestellt. [...] Das Ganze ist so raffiniert gemacht, daß man mit beliebig auswechselbaren Zwischentexten, je nach Bedarf, dem Film eine ›pazifistische‹, so gut wie eine patriotisch-nationalistische Tendenz aufpfropfen kann. [...] *Die große Parade* endlich ist in Deutschland in einer *in* Deutschland *für* Deutschland zurechtgemachten Fassung gezeigt worden. In *dieser* Fassung wirkt der Film ziemlich pazifistisch, trotz des scheinbar unvermeidlichen, reichlich kitschigen Liebes-happy-end, trotz der angedeuteten Nebentendenz: ein verwöhnter junger Nichtstuer wird dank dem Krieg zum Mann und Helden. (Man hört da so etwas heraus, wie ›Stahlbad des Krieges‹.) Trotzdem wirkt er pazifistisch, einfach deshalb, weil einige seiner Kriegsbilder wirklich echt sind und deshalb schauerlich, eindrucksvoll und abschreckend. –« (Hans Siemsen, *Gibt es pazifistische Filme?*, in: Film und Volk. Zeitschrift des Volksverbandes für Filmkunst, Berlin März 1928, Heft 1, S. 9 ff. Reprint Köln 1975.)

95 *Peter Schminke* – Der Name »Schminke« taucht in Horváths Werk mehrfach auf: u. a. in *Rund um den Kongreß* (Band 1), in den Entwürfen zu *Geschichten aus dem Wiener Wald* (Band 4), in *[Der Fall E.]* (Band 15). Für Dieter Hildebrandt (*Ödön von Horváth in Selbstzeugnissen und Bilddokumenten*, Reinbek 1975, S. 42) hat der Name »Schminke« in *Sladek, der schwarze Reichswehrmann* »wiederum Bezug zum damals aktuellen (und pazifistischen) Berlin: Ossietzky erwähnt in seinem Aufsatz *Der Areopag* den ›kommunistischen Stadtarzt von Neukölln, Dr. Schmincke, einen freien und humorvollen Menschenfreund,

dessen Bekanntschaft lohnt‹« (von Hildebrandt zit. nach Carl von Ossietzky, *Rechenschaft*, Berlin–Weimar 1970, S. 159). Bei Dr. Schmincke handelte es sich, wie aus Ossietzkys Aufsatz *Areopag* (Weltbühne, 25. Jg., Nr. 26, 11. 6. 1929, S. 881-884) hervorgeht, um ein Mitglied eines Ausschusses, der die blutigen Zusammenstöße vom 1. 5. 1929 in Berlin untersuchte, wo es anläßlich der Mai-Feiern zu Kämpfen gekommen war, bei denen 30 Menschen getötet wurden.

108 *als ich aus Tsingtau kam 1912* – Im Gegensatz zur ersten Fassung (S. 42) ersetzt Horváth hier die ursprünglichen Worte *vor dem Krieg* durch die Jahreszahl *1912* als Hinweis auf die Ausrufung der Republik in China unter Sun Yat-sen als vorläufigem Präsidenten. (Siehe auch unter 42, S. 164.)

140 *Ich selbst sollte ermordet werden* – Hinweis auf Carl Mertens, der 1925 als erster publizistisch auf die Schwarze Reichswehr hingewiesen hatte (vgl. S. 145 f.) und sich, nach Aussage von Siegfried Jacobsohn, »auf der Flucht« befand. »Länger als acht Tage behält er weder Quartier noch Namen. Er fürchtet die Feme und hat allen Anlaß dazu, jetzt, wo er an die Öffentlichkeit gehen will.« Carl Mertens kam dann 1932 als »Opfer eines scheinbar sinnlosen Zufalltodes – durch Autounfall« ums Leben. (Martha Maria Gehrke, *Vaterländische Verbände*, in: Die Weltbühne, 28. Jg., Nr. 43, 25. 10. 1932, S. 630 f.)

141 *Einigkeit und Recht und Freiheit* – Aus dem *Deutschlandlied* (siehe unter 12), dritte Strophe.

Quellen und Hinweise

1 Kurt R. Grossmann (1897-1972), Generalsekretär der »Deutschen Liga für Menschenrecht« (1926-1933), floh dann über Prag nach Paris, wo er bis 1939 als Organisator der Demokratischen Flüchtlingsfürsorge wirkte.

2 Kurt R. Grossmann, *Ossietzky. Ein deutscher Patriot*, München 1963. Zitiert wird nach dem suhrkamp taschenbuch, Frankfurt 1973.

3 *Acht Jahre politische Justiz. Das Zuchthaus – die politische Waffe*. Eine Denkschrift der Deutschen Liga für Menschenrechte, Berlin 1927.

4 Die Deutsche Liga für Menschenrechte war 1922 aus dem Bund Neues Vaterland hervorgegangen, der 1916, wie viele andere pazifistische Organisationen, verboten worden war. Als publizistisches Organ diente der Liga ursprünglich die Warte für Menschenrechte, eine Beilage der Wochenzeitung Das andere Deutschland; vom März 1926 an erschien, zuerst halbmonatlich, später monatlich, eine eigene Zeitschrift Die Menschenrechte, deren Schriftleiter dann Kurt Grossmann wurde.

5 Grossmann, S. 122.

6 Carl von Ossietzky (1889-1938), von 1927 an Herausgeber der Weltbühne, war einer der bedeutendsten Publizisten in der Weimarer Republik. 1933 wurde Ossietzky von den Nazis ins KZ gebracht, 1936 erhielt er den Friedensnobelpreis, dessen Annahme ihm verboten wurde.

7 Siegfried Jacobsohn (1861-1926), Begründer und Herausgeber der Schaubühne (ab 1905) und, von 1918 an, der Weltbühne, dem bedeutendsten Organ der linken Intellektuellen.

8 [anonym], *Die Vaterländischen Verbände. Erlebnisse und Erfahrungen*, in: Die Weltbühne, 21. Jg., Nr. 33, 18. 8. 1925, S. 239-258.

9 Z. B. am 25. 8. 1925, S. 284-286: *Der Schweriner Feme-Prozeß*; am 6. 10. 1925, S. 523-524: *Ein Opfer der Feme*; am 13. 10. 1925, S. 565-566: *Das Spitzelsystem der Schwarzen Reichswehr*; am 20. 2. 1925, S. 600-602: *Der Umsturzplan der Schwarzen Reichswehr*; am 3. 11. 1925, S. 677-682: *Der Aufmarsch der Schwarzen*

Reichswehr; am 10. 11. 1925, S. 718-722: *Fememord und Staatsgerichtshof* und *Mit Gott für Hitler und Vaterland!*; am 17. 11. 1925, S. 750-756: *Die Fememorde*; am 1. 12. 1925, S. 829-830: *Der Schweriner Prozeß*; am 15. 12. 1925, S. 907-908: *Der kalte Putsch*; am 22. 12. 1925, S. 936-937: *Wo fängt das Recht an?*; am 5. 1. 1926, S. 17-18: *Ein vergessener Mord*; am 10. 1. 1926, S. 87-88: *Von den Fememorden*; am 2. 2. 1926, S. 169-171: *Es sind keine Putsche!*; am 9. 2. 1926 S. 211-213: *Prozeß Pannier*; am 23. 2. 1926, S. 284-286: *Feme-Ausschuß*.

10 Carl Mertens (1902-1932); siehe auch S. 173 unter 140.

11 Emil Julius Gumbel (1891-1966) war Prof. für Mathematische Statistik an der Universität Heidelberg, emigrierte 1933 nach Frankreich und dann in die USA.

12 Hugo Sinzheimer im Dezember 1927 in *Justiz*, Band III, S. 200; zit. nach: Heinrich Hannover und Elisabeth Hannover-Drück, *Politische Justiz 1918-1933*, Frankfurt 1966, S. 177.

13 Joseph Breitbach (1903-1980), Kaufmann, von 1929 an in Paris als freier Schriftsteller.

14 Breitbach am 18. 9. 1979 in einem Gespräch mit dem Hg.

15 Ernst Weiß (1884-1940), Arzt und Schriftsteller.

16 Die Weltbühne, 23. Jg., Nr. 12, S. 446-450.

17 Siehe Erläuterungen zu S. 55 auf S. 167.

18 Julius Bab (1880-1955), Schriftsteller und Kritiker.

19 Handschriftl. Original im Julius-Bab-Archiv, Berlin; zit. nach Wolfgang Lechner, *Mechanismen der Literaturrezeption in Österreich am Beispiel Ödön von Horváths*, Stuttgart 1978, S. 307.

20 Das Theater 10 (1929), S. 81-88.

21 In *Sladek oder Die schwarze Armee*: Straße, Wohnung Anna, Weinhaus, Fort, Freies Feld, Zimmer beim Untersuchungsrichter, Nordseehafen, Gerichtssaal, Rummelplatz. In *Sladek, der schwarze Reichswehrmann*: Straße, Weinhaus, Kiesgrube.

22 Otto Geßler (1875-1955), Jurist und Politiker, Mitbegründer der DDP, 1919/20 Reichsminister für Wiederaufbau, 1920-1928 Reichswehrminister, 1944 KZ Ravensbrück.

23 Paul von Hindenburg (1847-1934), 1925-1934 Reichspräsident.

24 Wilhelm Groener (1867-1939), 1920-1923 Reichsverkehrsmini-

ster, 1928 Reichswehrminister, 1931 zusätzlich das Reichsinnenministerium, 13. 5. 1932 Rücktritt.

25 Ernst Kabisch, *Groener*, Leipzig 1932, S. 66 f.; zit. nach: Dr. Otto-Ernst Schüddekopf, *Das Heer und die Republik. Quellen zur Politik der Reichswehrführung 1918 bis 1933*, Hannover, Frankfurt 1955, S. 239.

26 In Anspielung auf den Roman *Jahrgang 1902* von Ernst Glaeser (1902-1963), der am 12. 10. 1928 bei Kiepenheuer in Berlin erschienen war.

27 »Aschinger« war im Berlin der zwanziger Jahre eine Kette von 40 Bierlokalen. Für 10 Pfennig gab es belegte Brötchen, für 30 Pfennig Löffelerbsen mit Speck, dazu Brötchen gratis. Das Publikum bestand aus Kleinbürgern, Angestellten, Studenten und der Berliner Bohème.

28 Carl Severing (1875-1952), SPD-Politiker, 1919-1920 Reichskommissar im Ruhrgebiet, 1920-1926 preußischer Innenminister, Juni 1920 bis März 1930 Reichsinnenminister, Oktober 1930 bis Juli 1932 preußischer Innenminister.

29 Herbert Jhering (1888-1977), Publizist und Kritiker beim Berliner Börsen-Courier. Rezension vom 14. 10. 1929.

30 Alfred Kerr (1867-1948), Schriftsteller und Kritiker beim Berliner Tageblatt. Rezension vom 14. 10. 1929.

31 Kurt Pinthus (1886-1975), Schriftsteller und Kritiker beim Berliner 8 Uhr Blatt. Rezension vom 14. 10. 1929.

32 Franz Servaes (1862-1947), Schriftsteller und Kritiker beim Berliner Lokal-Anzeiger. Rezension vom 14. 10. 1929 im Berliner Abendblatt.

33 Rainer Schlösser (1899-1945), ab 1924 Mitarbeiter in der »völkischen« Presse, vom Oktober 1931 an kulturpolitischer Schriftleiter im Völkischen Beobachter, vom Oktober 1933 an NS-Reichsdramaturg.

34 R[ainer] S[chlösser], *Der Kleistpreisrummel. Ein Musterbeispiel neudeutscher Propaganda-Praktiken*, in: Völkischer Beobachter, Berlin, 19. 11. 1931.

35 In dem Interview Willi Cronauers (1901-1974) mit Ödön von Horváth am 6. 4. 1932 im Bayerischen Rundfunk (Band 15) hatte Horváth erklärt, er habe versucht *als dramatischer Chronist* die

neue Form des Volksstückes zu finden. Sein *Sladek*, wenn von ihm auch als *Historie* bezeichnet, ist einer dieser Belege. (Vgl. hierzu vor allem auch *Italienische Nacht* und nicht zuletzt dem aufschlußreichen Materialienband von Jürgen Schröder, *Horváths Lehrerin von Regensburg. Der Fall Elly Maldaque*, Frankfurt 1982.)
Die Erläuterungen zu *Sladek* versuchen die historischen Bezüge aufzuzeigen, wobei sich die Hinweise auf die Erstfassung *Sladek oder Die schwarze Armee* beschränken und nur die in der Zweitfassung *Sladek, der schwarze Reichswehrmann* neu auftauchenden Zusammenhänge vermerkt werden.
Für wertvolle Hinweise zur Dechiffrierung von Details ist der Herausgeber dem Institut für Zeitgeschichte in München, vor allem aber Herrn Alexander Fuhrmann, München, zu Dank verpflichtet.

Zeittafel

1901 Ödön von Horváth wird am 9. Dezember in Sušak (Fiume) geboren.
1902 Übersiedlung nach Belgrad und
1908 nach Budapest.
1909 der Vater, im diplomatischen Dienst tätig, wird nach München versetzt. Ödön bleibt im Erzbischöflichen Internat in Budapest.
1913 folgt er seinen Eltern nach München.
1916 Übersiedlung nach Preßburg und
1918 wiederum nach Budapest.
1919 besucht er in Wien das Realgymnasium. Abitur und Übersiedlung nach München. Studium der Theaterwissenschaft.
1920 Erste Publikationen.
1924 mehrwöchige Paris-Reise. Nach der Rückkehr faßt Horváth den Entschluß, sich in Berlin niederzulassen.
1926 wird »Das Buch der Tänze« in Osnabrück uraufgeführt.
1927 »Revolte auf Côte 3018« wird in Hamburg uraufgeführt. Neufassung unter dem Titel:
1929 »Die Bergbahn«. Uraufführung in Berlin. Der Ullstein Verlag bietet ihm einen Vertrag, der ihm freie schriftstellerische Arbeit ermöglicht.
»Sladek der schwarze Reichswehrmann«, Uraufführung in Berlin.
1930 Horváths erster Roman »Der ewige Spießer« erscheint.
1931 »Italienische Nacht« wird in Berlin uraufgeführt.
Horváth wird über eine Saalschlacht, die von den Nationalsozialisten in Murnau inszeniert worden war, als Zeuge vernommen und öffentlich heftig angegriffen.
Auf Vorschlag Carl Zuckmayers erhält Horváth – zusammen mit Erik Reger – den Kleist-Preis.
Uraufführung von »Geschichten aus dem Wiener Wald« an Max Reinhardts Deutschem Theater in Berlin.
1932 »Kasimir und Karoline« wird in Leipzig uraufgeführt und auch in Berlin gespielt.
1933 verläßt Horváth Deutschland und reist über Salzburg und Wien nach Budapest, um die ungarische Staatsbürgerschaft zu behalten.
1934 Rückkehr nach Berlin; Filmarbeit.
Uraufführung von »Hin und her« in Zürich.
1935 Horváth nimmt seinen Wohnsitz in Wien. Die Auftragsarbeit »Mit dem Kopf durch die Wand« wird in Wien uraufgeführt und

1936 »Glaube Liebe Hoffnung« unter dem Titel »Liebe, Pflicht und Hoffnung« ebenfalls in Wien.

1937 Uraufführung von »Himmelwärts« in Wien, »Figaro läßt sich scheiden« und »Ein Dorf ohne Männer«, beide in Prag, und »Der jüngste Tag« in Mährisch-Ostrau.
»Jugend ohne Gott« erscheint im Allert de Lange Verlag in Amsterdam und wird in acht verschiedene Sprachen übersetzt.

1938 Horváths letzter Roman »Ein Kind unserer Zeit« erscheint. Nach dem Einmarsch der Hitler-Truppen in Österreich verläßt Horváth Wien und geht nach Budapest; dann reist er nach Prag und von dort aus über Jugoslawien, Triest, Venedig, Mailand, Zürich, Amsterdam nach Paris.
1. Juni: Ödön von Horváth wird auf den Champs-Élysées durch einen stürzenden Baum getötet.

suhrkamp taschenbuch materialien

Ödön von Horváth
Herausgegeben von Traugott Krischke
st 2005

Nach dem Erscheinen des Bandes *Über Ödön von Horváth* vor neun Jahren schien es an der Zeit, eine neue Sammlung vorzulegen, die die wichtigsten neuen Fakten und Erkenntnisse in Beiträgen namhafter Wissenschaftler gesammelt präsentiert. Besondere Akzente liegen dabei auf der Prosa Horváths, auf der Frage nach seiner thematischen Beeinflussung, auf Spätwerk und Rezeption: Probleme, die erst in letzter Zeit verstärkt ins Blickfeld getreten sind, Fragestellungen, die das Horváth-Bild wieder aus vorschnellen Festlegungen gelöst haben. Ein ausführlicher Anhang mit der auf den letzten Stand gebrachten Zusammenstellung »Daten und Dokumente« sowie einer ausgewählten Bibliographie unter Berücksichtigung der wichtigsten Sekundärpublikationen bis zum Sommer 1981 schließen den Band ab.

Ödön von Horváth im Insel Verlag

Sportmärchen. Insel-Bücherei 963
Ödön von Horváth, Leben und Werk in Daten und Bildern. insel taschenbuch 237

suhrkamp taschenbücher

st 825 Volker Erbes
Die blauen Hunde
Erzählung
190 Seiten
Die blauen Hunde erzählt die Geschichte einer Krankheit. Scheinbar unangekündigt trifft sie eine junge Frau. Die Vorgeschichte zeigt, daß die Formen ihres Wahns nicht zufällig sind oder abstrus, sondern bis in die absonderlichen Details biographisch bestimmt. Auch der Erzähler, der ehemalige Freund dieser Frau, wird von dem Wahn, der der Wahn einer Epoche ist, erfaßt. Indem er ihre Geschichte erzählt, entdeckt er betroffen die Rolle, die er darin spielt.

st 826 Phantasma
Polnische Geschichten aus dieser und jener Welt
Herausgegeben und übersetzt von Klaus Staemmler
Phantastische Bibliothek Band 77
282 Seiten
Zwanzig Erzählungen von neunzehn Autoren stellt dieser Band vor, utopische und phantastische Geschichten, heitere und ernste, amüsante und besinnliche; Spekulationen über die Zukunft stehen neben satirischen Seitenhieben auf die wenig vollkommene Gegenwart. Und es gibt auch gar schauerliche, diabolische und unheimliche Geschichten.

st 828 Hermann Lenz
Die Begegnung
Roman
204 Seiten
»Ein wundersames und wunderbares Buch ... ein Roman, der ganz unwichtig tut und doch voll Weisheit ist; der beiläufig erzählt wirkt und doch Existentiellem auf den Grund geht; der in geschichtlicher Zeit spielt und uns die eigene Zeit und unsere eigene Zerrissenheit besser wahrnehmen läßt.« *Deutsche Zeitung*

st 829 Pablo Neruda
Liebesbriefe an Albertina Rosa
Zusammengestellt, eingeführt und mit Anmerkungen versehen
von Sergio Fernández Larraín
Aus dem Spanischen von Curt Meyer-Clason
Mit Abbildungen
338 Seiten
Wer die Memoiren Nerudas gelesen hat, kennt seine Erzählhaltung. Das Schreiben sei für ihn wie das Schuhemachen – und so urpersönlich, sympathisch warm und menschlich ist auch der Ton dieser Briefe. Sie befassen sich mit Zuneigung und alltäglichen Sorgen, mit Hoffnungen und Enttäuschungen.

st 831 Helm Stierlin
Delegation und Familie
Beiträge zum Heidelberger familiendynamischen Konzept
258 Seiten
»Die Beiträge des Bandes verarbeiten eine Fülle von Fallbeispielen und therapeutischen Erfahrungsdaten vor dem Hintergrund der psychoanalytischen Grundannahmen zu einem komplexen System von Hilfestellung für die unterschiedlichsten familiären Konstellationen. Lesenswert für jeden, der an Einsicht in ein komplexes Gefüge von Zusammenhängen interessiert ist.«
Wissenschaftlicher Literaturanzeiger

st 833 J. G. Ballard
Die Tausend Träume von Stellavista
und andere Vermilion-Sands-Stories
Aus dem Englischen von Alfred Scholz
Phantastische Bibliothek Band 79
204 Seiten
Vermilion Sands, ein Wüstenkurort zur Erfüllung der ausgefallensten Träume der gelangweilten Reichen, jetzt Künstlerkolonie für Maler, Literaten, bildende Künstler und Musiker, ist in einem langsamen, aber unaufhaltsamen Verfall begriffen. Dichter drücken lediglich auf die Knöpfe ihrer Computer, die automatisch für sie dichten; tönende Skulpturen wachsen aus dem Boden, und empfindsame Pflanzen reagieren auf die Töne der Musik.

Alphabetisches Gesamtverzeichnis der suhrkamp taschenbücher

Abe, Die vierte Zwischeneinszeit 756
Achternbusch, Alexanderschlacht 61
– Das letzte Loch 803
– Der Neger Erwin 682
– Die Stunde des Todes 449
– Happy oder Der Tag wird kommen 262
Adorno, Erziehung zur Mündigkeit 11
– Studien zum autoritären Charakter 107
– Versuch, das ›Endspiel‹ zu verstehen 72
– Versuch über Wagner 177
– Zur Dialektik des Engagements 134
Aitmatow, Der weiße Dampfer 51
Aldis, Der unmögliche Stern 834
Alegría, Die hungrigen Hunde 447
Alewyn, Probleme und Gestalten 845
Alfvén, Atome, Mensch und Universum 139
– M 70 – Die Menschheit der siebziger Jahre 34
Allerleirauh 19
Alsheimer, Eine Reise nach Vietnam 628
– Vietnamesische Lehrjahre 73
Alter als Stigma 468
Anders, Kosmologische Humoreske 432
v. Ardenne, Ein glückliches Leben für Technik und Forschung 310
Arendt, Die verborgene Tradition 303
Arlt, Die sieben Irren 399
Arguedas, Die tiefen Flüsse 588
Artmann, Grünverschlossene Botschaft 82
– How much, schatzi? 136
– Lilienweißer Brief 498
– The Best of H. C. Artmann 275
– Unter der Bedeckung eines Hutes 337
Augustin, Raumlicht 660
Bachmann, Malina 641
v. Baeyer, Angst 118
Bahlow, Deutsches Namenlexikon 65
Balint, Fünf Minuten pro Patient 446
Ball, Hermann Hesse 385
Ballard, Der ewige Tag 727
– Die Tausend Träume 833
– Kristallwelt 818
Barnet (Hg.), Der Cimarrón 346
Basis 5, Jahrbuch für deutsche Gegenwartsliteratur 276
Basis 6, Jahrbuch für deutsche Gegenwartsliteratur 340
Basis 7, Jahrbuch für deutsche Gegenwartsliteratur 420
Basis 8, Jahrbuch für deutsche Gegenwartsliteratur 457
Basis 9, Jahrbuch für deutsche Gegenwartsliteratur 553
Basis 10, Jahrbuch für deutsche Gegenwartsliteratur 589
Sylvia Beach, Shakespeare and Company 823
Beaucamp, Das Dilemma der Avantgarde 329
Becker, Jürgen, Eine Zeit ohne Wörter 20
– Gedichte 690
Becker, Jurek, Irreführung der Behörden 271
– Der Boxer 526
– Jakob der Lügner 774
– Schlaflose Tage 626
Beckett, Das letzte Band (dreisprachig) 200
– Der Namenlose 536
– Endspiel (dreisprachig) 171
– Glückliche Tage (dreisprachig) 248
– Malone stirbt 407
– Molloy 229
– Warten auf Godot (dreisprachig) 1
– Watt 46
Das Werk von Beckett. Berliner Colloquium 225
Materialien zu Beckett »Der Verwaiser« 605
Materialien zu Becketts »Godot« 104
Materialien zu Becketts »Godot« 2 475
Materialien zu Becketts Romanen 315
Behrens, Die weiße Frau 655
Bell, Virginia Woolf 753
Benjamin, Der Stratege im Literaturkampf 176
– Illuminationen 345
– Über Haschisch 21
– Ursprung des deutschen Trauerspiels 69
Zur Aktualität Walter Benjamins 150
Beradt, Das dritte Reich des Traums 697
Bernhard, Das Kalkwerk 128
– Der Kulterer 306
– Frost 47
– Gehen 5
– Salzburger Stücke 257
Bertaux, Hölderlin 686
– Mutation der Menschheit 555
Beti, Perpétue und die Gewöhnung ans Unglück 677
Bienek, Bakunin, eine Invention 775
Bierce, Das Spukhaus 365
Bingel, Lied für Zement 287
Bioy Casares, Fluchtplan 378
– Tagebuch des Schweinekriegs 469
Blackwood, Besuch von Drüben 411
– Das leere Haus 30
– Der Griff aus dem Dunkel 518
Blatter, Zunehmendes Heimweh 649
– Schaltfehler 743
Bloch, Atheismus im Christentum 144
Böni, Ein Wanderer im Alpenregen 671
Börne, Spiegelbild des Lebens 408
Bohrer, Ein bißchen Lust am Untergang 745
Bonaparte, Edgar Poe, 3 Bde. 592
Bond, Bingo 283
– Die See 160
Brandão, Null 777
Brasch, Kargo 541
Braun, J. u. G., Conviva Ludibundus 748
– Der Fehlfaktor 687
– Der Irrtum des Großen Zauberers 807
– Unheimliche Erscheinungsformen auf Omega XI 646
Braun, Das ungezwungne Leben Kasts 546
– Gedichte 499
– Stücke 1 198
– Stücke 2 680
Brecht, Frühe Stücke 201
– Gedichte 251
– Gedichte für Städtebewohner 640
– Geschichten vom Herrn Keuner 16
– Schriften zur Gesellschaft 199
Brecht in Augsburg 297
Bertolt Brechts Dreigroschenbuch 87
Brentano, Berliner Novellen 568
– Prozeß ohne Richter 427
Broch, Hermann, Barbara 151
– Briefe I 710
– Briefe II 711
– Briefe III 712
– Dramen 538
– Gedichte 572

- Massenwahntheorie 502
- Novellen 621
- Philosophische Schriften 1 u. 2
  2 Bde. 375
- Politische Schriften 445
- Schlafwandler 472
- Schriften zur Literatur 1 246
- Schriften zur Literatur 2 247
- Schuldlosen 209
- Der Tod des Vergil 296
- Die Unbekannte Größe 393
- Die Verzauberung 350
Materialien zu »Der Tod des Vergil« 317
Brod, Der Prager Kreis 547
- Tycho Brahes Weg zu Gott 490
Broszat, 200 Jahre deutsche Polenpolitik 74
Brude-Firnau (Hg.), Aus den Tagebüchern
  Th. Herzls 374
Buch, Jammerschoner 815
Budgen, James Joyce 752
Büßerinnen aus dem Gnadenkloster, Die 632
Bulwer-Lytton, Das kommende Geschlecht 609
Buono, Zur Prosa Brechts. Aufsätze 88
Butor, Paris–Rom oder Die Modifikation 89
Campbell, Der Heros in tausend Gestalten 424
Casares, Schlaf in der Sonne 691
Carossa, Ungleiche Welten 521
- Der Arzt Gion 821
Über Hans Carossa 497
Carpentier, Die verlorenen Spuren 808
- Explosion in der Kathedrale 370
- Krieg der Zeit 552
Celan, Mohn und Gedächtnis 231
- Von Schwelle zu Schwelle 301
Chomsky, Indochina und die amerikanische
  Krise 32
- Kambodscha Laos Nordvietnam 103
- Über Erkenntnis und Freiheit 91
Cioran, Die verfehlte Schöpfung 550
- Vom Nachteil geboren zu sein 549
- Syllogismen der Bitterkeit 607
Cisek, Der Strom ohne Ende 724
Claes, Flachskopf 524
Condrau, Angst und Schuld als Grundprobleme in
  der Psychotherapie 305
Conrady, Literatur und Germanistik als Herausforderung 214
Cortázar, Bestiarium 543
- Das Feuer aller Feuer 298
- Die geheimen Waffen 672
- Ende des Spiels 373
Dahrendorf, Die neue Freiheit 623
- Lebenschancen 559
Dedecius, Überall ist Polen 195
Degner, Graugrün und Kastanienbraun 529
Der andere Hölderlin. Materialien zum »Hölderlin«-
  Stück von Peter Weiss 42
Der Ernst des Lebens 771
Dick, LSD-Astronauten 732
- Mozart für Marsianer 773
- UBIK 440
Die Serapionsbrüder von Petrograd 844
Doctorow, Das Buch Daniel 366
Döblin, Materialien zu »Alexanderplatz« 268
Dolto, Der Fall Dominique 140
Döring, Perspektiven einer Architektur 109
Donoso, Ort ohne Grenzen 515
Dorst, Dorothea Merz 511
- Stücke 1 437
- Stücke 2 438
Duddington, Baupläne der Pflanzen 45
Duke, Akupunktur 180
Duras, Hiroshima mon amour 112
Durzak, Gespräche über den Roman 318
Edschmid, Georg Büchner 610
Ehrenberg/Fuchs, Sozialstaat und Freiheit 733
Ehrenburg, Das bewegte Leben des Lasik
  Roitschwantz 307
- 13 Pfeifen 405
Eich, Ein Lesebuch 696
- Fünfzehn Hörspiele 120
Eliade, Bei den Zigeunerinnen 615
Eliot, Die Dramen 191
Zur Aktualität T. S. Eliots 222
Ellmann, James Joyce 2 Bde. 473
Enzensberger, Gedichte 1955–1970 4
- Der kurze Sommer der Anarchie 395
- Der Untergang der Titanic 681
- Museum der modernen Poesie, 2 Bde. 476
- Politik und Verbrechen 442
Enzensberger (Hg.), Freisprüche. Revolutionäre
  vor Gericht 111
Eppendorfer, Der Ledermann spricht mit Hubert
  Fichte 580
Erbes, Die blauen Hunde 825
Erikson, Lebensgeschichte und hist. Augenblick 824
Eschenburg, Über Autorität 178
Ewald, Innere Medizin in Stichworten I 97
- Innere Medizin in Stichworten II 98
Ewen, Bertolt Brecht 141
Fallada/Dorst, Kleiner Mann – was nun? 127
Fanon, Die Verdammten dieser Erde 668
Federspiel, Paratuga kehrt zurück 843
Feldenkrais, Abenteuer im Dschungel des Gehirns
  663
- Bewußtheit durch Bewegung 429
Feuchtwanger (Hg.), Deutschland – Wandel und
  Bestand 335
Fischer, Von Grillparzer zu Kafka 284
Fleißer, Der Tiefseefisch 683
- Eine Zierde für den Verein 294
- Ingolstädter Stücke 403
Fletcher, Die Kunst des Samuel Beckett 272
Frame, Wenn Eulen schreien 692
Franke, Einsteins Erben 603
- Keine Spur von Leben 741
- Paradies 3000 664
- Schule für Übermenschen 730
- Sirius Transit 535
- Tod eines Unsterblichen 772
- Transpluto 841
- Ypsilon minus 358
- Zarathustra kehrt zurück 410
- Zone Null 585
v. Franz, Zahl und Zeit 602
Friede und die Unruhestifter, Der 145
Fries, Das nackte Mädchen auf der Straße 577
- Der Weg nach Oobliadooh 265
- Schumann, China und der Zwickauer See 768
Frijling-Schreuder, Was sind das – Kinder? 119
Frisch, Andorra 277
- Der Mensch erscheint im Holozän 734
- Dienstbüchlein 205
- Herr Biedermann / Rip van Winkle 599
- Homo faber 354
- Mein Name sei Gantenbein 286
- Montauk 700
- Stiller 105
- Stücke 1 70
- Stücke 2 81

– Tagebuch 1966–1971 256
– Wilhelm Tell für die Schule 2
Materialien zu Frischs »Biedermann und die Brandstifter« 503
– »Stiller« 2 Bde. 419
Frischmuth, Amoralische Kinderklapper 224
Froese, Zehn Gebote für Erwachsene 593
Fromm/Suzuki/de Martino, Zen-Buddhismus und Psychoanalyse 37
Fuchs, Todesbilder in der modernen Gesellschaft 102
Fuentes, Nichts als das Leben 343
Fühmann, Bagatelle, rundum positiv 426
– Erfahrungen und Widersprüche 338
– 22 Tage oder Die Hälfte des Lebens 463
Gabeira, Die Guerilleros sind müde 737
Gadamer/Habermas, Das Erbe Hegels 596
Gall, Deleatur 639
García Lorca, Über Dichtung und Theater 196
Gauch, Vaterspuren 767
Gespräche mit Marx und Engels 716
Gibson, Lorcas Tod 197
Gilbert, Das Rätsel Ulysses 367
Ginzburg, Ein Mann und eine Frau 816
Glozer, Kunstkritiken 193
Goldstein, A. Freud, Solnit, Jenseits des Kindeswohls 212
Goma, Ostinato 138
Gorkij, Unzeitgemäße Gedanken über Kultur und Revolution 210
Grabiński, Abstellgleis 478
Griaule, Schwarze Genesis 624
Grimm/Hinck, Zwischen Satire und Utopie 839
Grossmann, Ossietzky. Ein deutscher Patriot 83
Gulian, Mythos und Kultur 666
Gustav Gründgens Faust 838
Habermas, Theorie und Praxis 9
– Kultur und Kritik 125
Habermas/Henrich, Zwei Reden 202
Hammel, Unsere Zukunft – die Stadt 59
Han Suyin, Die Morgenflut 234
Handke, Als das Wünschen noch geholfen hat 208
– Begrüßung des Aufsichtsrats 654
– Chronik der laufenden Ereignisse 3
– Das Ende des Flanierens 679
– Das Gewicht der Welt 500
– Die Angst des Tormanns beim Elfmeter 27
– Die linkshändige Frau 560
– Die Stunde der wahren Empfindung 452
– Die Unvernünftigen sterben aus 168
– Der kurze Brief 172
– Falsche Bewegung 258
– Die Hornissen 416
– Ich bin ein Bewohner des Elfenbeinturms 56
– Stücke 1 43
– Stücke 2 101
– Wunschloses Unglück 146
Hart Nibbrig, Ästhetik 491
– Rhetorik des Schweigens 693
Heiderich, Mit geschlossenen Augen 638
Heilbroner, Die Zukunft der Menschheit 280
Heller, Die Wiederkehr der Unschuld 396
– Enterbter Geist 537
– Nirgends wird Welt sein als innen 288
– Thomas Mann 243
Hellman, Eine unfertige Frau 292
Henle, Der neue Nahe Osten 24
v. Hentig, Die Sache und die Demokratie 245
– Magier oder Magister? 207
Herding (Hg.), Realismus als Widerspruch 493
Hermlin, Lektüre 1960–1971 215
Herzl, Aus den Tagebüchern 374
Hesse, Aus Indien 562
– Aus Kinderzeiten. Erzählungen Bd. 1 347
– Ausgewählte Briefe 211
– Briefe an Freunde 380
– Demian 206
– Der Europäer. Erzählungen Bd. 3 384
– Der Steppenwolf 175
– Die Gedichte. 2 Bde. 381
– Die Kunst des Müßiggangs 100
– Die Märchen 291
– Die Nürnberger Reise 227
– Die Verlobung. Erzählungen Bd. 2 368
– Die Welt der Bücher 415
– Eine Literaturgeschichte in Rezensionen 252
– Das Glasperlenspiel 79
– Innen und Außen. Erzählungen Bd. 4 413
– Italien 689
– Klein und Wagner 116
– Kleine Freuden 360
– Kurgast 383
– Lektüre für Minuten 7
– Lektüre für Minuten. Neue Folge 240
– Morgenlandfahrt 750
– Narziß und Goldmund 274
– Peter Camenzind 161
– Politik des Gewissens, 2 Bde. 656
– Roßhalde 312
– Siddhartha 182
– Unterm Rad 52
– Von Wesen und Herkunft des Glasperlenspiels 382
Materialien zu Hesses »Demian« 1 166
Materialien zu Hesses »Demian« 2 316
Materialien zu Hesses »Glasperlenspiel« 1 80
Materialien zu Hesses »Glasperlenspiel« 2 108
Materialien zu Hesses »Siddhartha« 1 129
Materialien zu Hesses »Siddhartha« 2 282
Materialien zu Hesses »Steppenwolf« 53
Über Hermann Hesse 1 331
Über Hermann Hesse 2 332
Hermann Hesse – Eine Werkgeschichte von Siegfried Unseld 143
Hermann Hesses weltweite Wirkung 386
Hildesheimer, Hörspiele 363
– Mozart 598
– Paradies der falschen Vögel 295
– Stücke 362
Hinck, Von Heine zu Brecht 481
Hinojosa, Klail City und Umgebung 709
Hobsbawm, Die Banditen 66
Hodgson, Stimme in der Nacht 749
Hofmann (Hg.), Schwangerschaftsunterbrechung 238
Hofmann, Werner, Gegenstimmen 554
Höllerer, Die Elephantenuhr 266
Holmqvist (Hg.), Das Buch der Nelly Sachs 398
Hortleder, Fußball 170
Horváth, Der ewige Spießer 131
– Der jüngste Tag 715
– Die stille Revolution 254
– Ein Kind unserer Zeit 99
– Ein Lesebuch 742
– Geschichten aus dem Wiener Wald 835
– Jugend ohne Gott 17
– Leben und Werk in Dokumenten und Bildern 67
– Sladek 163
Horváth/Schell, Geschichten aus dem Wienerwald 595

Hrabal, Erzählungen 805
Hsia, Hesse und China 673
Hudelot, Der Lange Marsch 54
Hughes, Hurrikan im Karibischen Meer 394
Huizinga, Holländische Kultur im siebzehnten Jahrhundert 401
Ibragimbekow, Es gab keinen besseren Bruder 479
Ingold, Literatur und Aviatik 576
Innerhofer, Die großen Wörter 563
– Schattseite 542
– Schöne Tage 349
Inoue, Die Eiswand 551
Jakir, Kindheit in Gefangenschaft 152
James, Der Schatz des Abtes Thomas 540
Jens, Republikanische Reden 512
Johnson, Berliner Sachen 249
– Das dritte Buch über Achim 169
– Eine Reise nach Klagenfurt 235
– Mutmassungen über Jakob 147
– Zwei Ansichten 326
Jonke, Im Inland und im Ausland auch 156
Joyce, Anna Livia Plurabelle 751
– Ausgewählte Briefe 253
Joyce, Stanislaus, Meines Bruders Hüter 273
Junker/Link, Ein Mann ohne Klasse 528
Kappacher, Morgen 339
Kästner, Der Hund in der Sonne 270
– Offener Brief an die Königin von Griechenland. Beschreibungen, Bewunderungen 106
Kardiner/Preble, Wegbereiter der modernen Anthropologie 165
Kasack, Fälschungen 264
Kaschnitz, Der alte Garten 387
– Ein Lesebuch 647
– Steht noch dahin 57
– Zwischen Immer und Nie 425
Katharina II. in ihren Memoiren 25
Kawerin, Das doppelte Porträt 725
Keen, Stimmen und Visionen 545
Kerr (Hg.), Über Robert Walser 1 483
– Über Robert Walser 2 484
– Über Robert Walser 3 556
Kessel, Herrn Brechers Fiasko 453
Kirde (Hg.), Das unsichtbare Auge 477
Kleinhardt, Jedem das Seine 747
Kluge, Lebensläufe. Anwesenheitsliste für eine Beerdigung 186
Koch, Anton, Symbiose – Partnerschaft fürs Leben 304
Koch Werner, Jenseits des Sees 718
– Pilatus 650
– See-Leben I 132
– Wechseljahre oder See-Leben II 412
Koehler, Hinter den Bergen 456
Koeppen, Amerikafahrt 802
– Das Treibhaus 78
– Der Tod in Rom 241
– Eine unglückliche Liebe 392
– Nach Rußland und anderswohin 115
– Reisen nach Frankreich 530
– Romanisches Café 71
– Tauben im Gras 601
Koestler, Der Yogi und der Kommissar 158
– Die Nachtwandler 579
– Die Wurzeln des Zufalls 181
Kolleritsch, Die grüne Seite 323
Komm schwarzer Panther, lach noch mal 714
Komm, Der Idiot des Hauses 728
Konrád, Der Stadtgründer 633
– Der Besucher 492
Konrád/ Szelényi, Die Intelligenz auf dem Weg zur Klassenmacht 726
Korff, Kernenergie und Moraltheologie 597
Kracauer, Das Ornament der Masse 371
– Die Angestellten 13
– Kino 126
Kraus, Magie der Sprache 204
Kroetz, Stücke 259
Krolow, Ein Gedicht entsteht 95
Kücker, Architektur zwischen Kunst und Konsum 309
Kühn, Josephine 587
– Ludwigslust 421
– N 93
– Siam-Siam 187
– Stanislaw der Schweiger 496
– Und der Sultan von Oman 758
Kundera, Abschiedswalzer 591
– Das Leben ist anderswo 377
– Der Scherz 514
Laederach, Nach Einfall der Dämmerung 814
Lagercrantz, China-Report 8
Lander, Ein Sommer in der Woche der Itke K. 155
Laqueur, Terrorismus 723
Laxness, Islandglocke 228
le Fanu, Der besessene Baronet 731
le Fort, Die Tochter Jephthas und andere Erzählungen 351
Lem, Astronauten 441
– Das Hospital der Verklärung 761
– Der futurologische Kongreß 534
– Der Schnupfen 570
– Die Jagd 302
– Die Ratte im Labyrinth 806
– Die Untersuchung 435
– Die vollkommene Leere 707
– Imaginäre Größe 658
– Memoiren, gefunden in der Badewanne 508
– Mondnacht 729
– Nacht und Schimmel 356
– Solaris 226
– Sterntagebücher 459
– Summa technologiae 678
– Terminus 740
– Transfer 324
– Über Stanisław Lem 586
Lenz, Hermann, Andere Tage 461
– Der russische Regenbogen 531
– Der Tintenfisch in der Garage 620
– Die Augen eines Dieners 348
– Die Begegnung 828
– Neue Zeit 505
– Tagebuch vom Überleben 659
– Verlassene Zimmer 436
Lepenies, Melancholie und Gesellschaft 63
Lese-Erlebnisse 2 458
Leutenegger, Ninive 685
– Vorabend 642
Lévi-Strauss, Rasse und Geschichte 62
– Strukturale Anthropologie 15
Lidz, Das menschliche Leben 162
Liebesgeschichten 847
Link, Das goldene Zeitalter 704
– Die Reise an den Anfang der Scham 840
– Tage des schönen Schreckens 763
Literatur aus der Schweiz 450
Lovecraft, Cthulhu 29
– Berge des Wahnsinns 220
– Das Ding auf der Schwelle 357
– Die Katzen von Ulthar 625

– Die Stadt ohne Namen 694
– Der Fall Charles Dexter Ward 391
– In der Gruft 779
MacLeish, Spiel um Job 422
Mächler, Das Leben Robert Walsers 321
Mädchen am Abhang, Das 630
Machado de Assis, Posthume Erinnerungen 494
Machen, Die leuchtende Pyramide 720
Majakowski, Her mit dem schönen Leben 766
Malson, Die wilden Kinder 55
Martinson, Die Nesseln blühen 279
– Der Weg hinaus 281
Mautner, Nestroy 465
Mayer, Außenseiter 736
– Georg Büchner und seine Zeit 58
– Richard Wagner in Bayreuth 480
Materialien zu Hans Mayer, »Außenseiter« 448
Mayröcker. Ein Lesebuch 548
Maximovič, Die Erforschung des Omega Planeten 509
McCall, Jack der Bär 699
McHale, Der ökologische Kontext 90
Meier, Der schnurgerade Kanal 760
Mein Goethe 781
Melchinger, Geschichte des politischen Theaters 153, 154
Mercier, Das Jahr 2440 676
Meyer, Die Rückfahrt 578
– Eine entfernte Ähnlichkeit 242
– In Trubschachen 501
Miłosz, Verführtes Denken 278
Minder, Dichter in der Gesellschaft 33
– Kultur und Literatur in Deutschland und Frankreich 397
Mitscherlich, Massenpsychologie ohne Ressentiment 76
– Thesen zur Stadt der Zukunft 10
– Toleranz – Überprüfung eines Begriffs 213
Mitscherlich (Hg.), Bis hierher und nicht weiter 239
Molière, Drei Stücke 486
Mommsen, Goethe und 1001 Nacht 674
– Kleists Kampf mit Goethe 513
Morante, Lüge und Zauberei 701
Morselli, Licht am Ende des Tunnels 627
Moser, Gottesvergiftung 533
– Lehrjahre auf der Couch 352
Muschg, Albissers Grund 334
– Entfernte Bekannte 510
– Gegenzauber 665
– Gottfried Keller 617
– Im Sommer des Hasen 263
– Liebesgeschichten 164
– Noch ein Wunsch 735
Myrdal, Asiatisches Drama 634
– Politisches Manifest 40
Nachtigall, Völkerkunde 184
Neruda, Liebesbriefe an Albertina Rosa 829
Nizon, Canto 319
– Im Hause enden die Geschichten. Untertauchen 431
Norén, Die Bienenväter 117
Nossack, Das kennt man 336
– Der jüngere Bruder 133
– Die gestohlene Melodie 219
– Nach dem letzten Aufstand 653
– Spirale 50
– Um es kurz zu machen 255
Nossal, Antikörper und Immunität 44
Örkény, Interview mit einem Toten 837
Offenbach, Sonja 688
Olvedi, LSD-Report 38
Onetti, Das kurze Leben 661
Oviedo (Hg.), Lateinamerika 810
Painter, Marcel Proust, 2 Bde. 561
Paus (Hrsg.), Grenzerfahrung Tod 430
Payne, Der große Charlie 569
Pedretti, Harmloses, bitte 558
– Heiliger Sebastian 769
Penzoldts schönste Erzählungen 216
– Der arme Chatterton 462
– Die Kunst das Leben zu lieben 267
– Die Powenzbande 372
Pfeifer, Hesses weltweite Wirkung 506
Phaïcon 3 443
Phaïcon 4 636
Phantasma 826
Plenzdorf, Die Legende vom Glück ohne Ende 722
– Die Legende von Paul & Paula 173
– Die neuen Leiden des jungen W. 300
Pleticha (Hg.), Lese-Erlebnisse 2 458
Plessner, Diesseits der Utopie 148
– Die Frage nach der Conditio humana 361
– Zwischen Philosophie und Gesellschaft 544
Poe, Der Fall des Hauses Ascher 517
Politzer, Franz Kafka. Der Künstler 433
Portmann, Biologie und Geist 124
– Das Tier als soziales Wesen 444
Prangel (Hg.), Materialien zu Döblins »Alexanderplatz« 268
Prinzhorn, Gespräch über Psychoanalyse zwischen Frau, Dichter, Arzt 669
Proust, Briefe zum Leben, 2 Bde. 464
– Briefe zum Werk 404
– Die Welt der Guermantes 2 Bde. 754
– Im Schatten junger Mädchenblüte, 2 Bde. 702
– In Swanns Welt 644
– Sodom und Gomorra 2 Bde. 822
Psycho-Pathographien des Alltags 762
Psychoanalyse und Justiz 167
Puig, Der schönste Tango 474
– Verraten von Rita Hayworth 344
Raddatz, Traditionen und Tendenzen 269
– ZEIT-Bibliothek der 100 Bücher 645
– ZEIT-Gespräche 520
– ZEIT-Gespräche 2 770
Rama (Hg.), Der lange Kampf Lateinamerikas 812
Ramos, Karges Leben 667
Rathscheck, Konfliktstoff Arzneimittel 189
Recht, Verbrecher zahlen sich aus 706
Regler, Das große Beispiel 439
– Das Ohr des Malchus 293
Reik (Hg.), Der eigene und der fremde Gott 221
Reinisch (Hg.), Jenseits der Erkenntnis 418
Reinshagen, Das Frühlingsfest 637
Reiwald, Die Gesellschaft und ihre Verbrecher 130
Ribeiro, Maíra 809
Riedel, Die Kontrolle des Luftverkehrs 203
Riesman, Wohlstand wofür? 113
– Wohlstand für wen? 114
Rilke, Materialien zu »Cornet« 190
– Materialien zu »Duineser Elegien« 574
– Materialien zu »Malte« 174
– Rilke heute 1 290
– Rilke heute 2 355
Rochefort, Eine Rose für Morrison 575
– Frühling für Anfänger 532
– Kinder unserer Zeit 487

– Mein Mann hat immer recht 428
– Das Ruhekissen 379
– Zum Glück gehts dem Sommer entgegen 523
Rodriguez, Monegal (Hg.), Die Neue Welt 811
Rosei, Landstriche 232
– Wege 311
Roth, Der große Horizont 327
– die autobiographie des albert einstein. Künstel. Der Wille zur Krankheit 230
Rottensteiner (Hg.), Blick vom anderen Ufer 359
– Die andere Zukunft 757
– Polaris 4 460
– Polaris 5 713
– Polaris 6 842
– Quarber Merkur 571
Roumain, Herr über den Tau 675
Rüegg, Antike Geisteswelt 619
Rühle, Theater in unserer Zeit 325
Russell, Autobiographie I 22
– Autobiographie II 84
– Autobiographie III 192
– Eroberung des Glücks 389
Russische Liebesgeschichten 738
v. Salis, Rilkes Schweizer Jahre 289
Sames, Die Zukunft der Metalle 157
Sarraute, Zeitalter des Mißtrauens 223
Schäfer, Erziehung im Ernstfall 557
Schattschneider, Zeitstopp 819
Scheel/Apel, Die Bundeswehr und wir. Zwei Reden 522
Schickel, Große Mauer, Große Methode 314
Schimmang, Das Ende der Berührbarkeit 739
– Der schöne Vogel Phönix 527
Schneider, Der Balkon 455
– Die Hohenzollern 590
– Macht und Gnade 423
Über Reinhold Schneider 504
Schulte (Hg.), Spiele und Vorspiele 485
Schultz (Hg.), Der Friede und die Unruhestifter 145
– Politik ohne Gewalt? 330
– Wer ist das eigentlich – Gott? 135
Schur, Sigmund Freud 778
Scorza, Trommelwirbel für Rancas 584
Semprun, Der zweite Tod 564
– Die große Reise 744
Shaw, Der Aufstand gegen die Ehe 328
– Der Sozialismus und die Natur des Menschen 121
– Die Aussichten des Christentums 18
– Politik für jedermann 643
– Wegweiser für die intelligente Frau ... 470
Simpson, Biologie und Mensch 36
Smith, Saat aus dem Grabe 765
Sperr, Bayrische Trilogie 28
Spiele und Vorspiele 485
Spuk, Mein Flirt ... 805
Steiner, George, In Blaubarts Burg 77
– Der Tod der Tragödie 662
– Sprache und Schweigen 123
Steiner, Jörg, Ein Messer für den ehrlichen Finder 583
– Strafarbeit 471
Sternberger, Panorama oder Ansichten vom 19. Jahrhundert 179
– Gerechtigkeit für das 19. Jahrhundert 244
– Heinrich Heine und die Abschaffung der Sünde 308
– Über den Tod 719
Stierlin, Adolf Hitler 236
– Das Tun des Einen ist das Tun des Anderen 313
– Delegation und Familie 831
– Eltern und Kinder 618
Stolze, Innenansicht 721
Strausfeld (Hg.), Materialien zur lateinamerikanischen Literatur 341
– Aspekte zu Lezama Lima »Paradiso« 482
Strawinsky 817
Strehler, Für ein menschlicheres Theater 417
Strindberg, Ein Lesebuch für die niederen Stände 402
Struck, Die Mutter 489
– Lieben 567
– Trennung 613
Strugatzki, Die Schnecke am Hang 434
– Montag beginnt am Samstag 780
– Picknick am Wegesrand 670
Stuckenschmidt, Schöpfer der neuen Musik 183
– Maurice Ravel 353
– Neue Musik 657
Suvin, Poetik der Science Fiction 539
Swoboda, Die Qualität des Lebens 188
Szabó, I. Moses 22 142
Szillard, Die Stimme der Delphine 703
Szczepański, Vor dem unbekannten Tribunal 594
Tendrjakow, Mondfinsternis 717
Terkel, Der Große Krach 23
Timmermans, Pallieter 400
Trocchi, Die Kinder Kains 581
Ueding (Hg.), Materialien zu Hans Mayer, »Außenseiter« 448
Ulbrich, Der unsichtbare Kreis 652
Unseld, Hermann Hesse – Eine Werkgeschichte 143
– Begegnungen mit Hermann Hesse 218
– Peter Suhrkamp 260
Unseld (Hg.), Wie, warum und zu welchem Ende wurde ich Literaturhistoriker? 60
– Bertolt Brechts Dreigroschenbuch 87
– Zur Aktualität Walter Benjamins 150
– Mein erstes Lese-Erlebnis 250
Unterbrochene Schulstunde. Schriftsteller und Schule 48
Utschick, Die Veränderung der Sehnsucht 566
Vargas Llosa, Das grüne Haus 342
– Die Stadt und die Hunde 622
Vidal, Messias 390
Waggerl, Brot 299
– Das Jahr des Herrn 836
Waley, Lebensweisheit im Alten China 217
Walser, Martin, Das Einhorn 159
– Das Schwanenhaus 800
– Der Sturz 322
– Die Anselm Kristlein Trilogie, 3 Bde. 684
– Ein fliehendes Pferd 600
– Ein Flugzeug über dem Haus 612
– Gesammelte Stücke 6
– Halbzeit 94
– Jenseits der Liebe 525
Walser, Robert, Briefe 488
– Der Gehülfe 813
– Der »Räuber« – Roman 320
– Poetenleben 388
Über Robert Walser 1 483
Über Robert Walser 2 484
Über Robert Walser 3 556
Weber-Kellermann, Die deutsche Familie 185
Weg der großen Yogis, Der 409
Weill, Ausgewählte Schriften 285
Über Kurt Weill 237
Weischedel, Skeptische Ethik 635

Weiss, Peter, Das Duell 41
Materialien zu Weiss' »Hölderlin« 42
Weiß, Ernst, Der Aristokrat 792
– Der arme Verschwender 795
– Der Fall Vukobrankovics 790
– Der Gefängnisarzt 794
– Der Verführer 796
– Die Erzählungen 798
– Die Feuerprobe 789
– Die Galeere 784
– Die Kunst des Erzählens 799
– Franziska 785
– Georg Letham 793
– Ich – der Augenzeuge 797
– Männer in der Nacht 791
– Mensch gegen Mensch 786
– Nahar 788
– Tiere in Ketten 787
Weissberg-Cybulski, Hexensabbat 369
Weisser, SYN-CODE-7 764
Weltraumfriseur, Der 631
Wendt, Moderne Dramaturgie 149
Wer ist das eigentlich – Gott? 135
Werner, Fritz, Wortelemente lat.-griech. Fachausdrücke in den biolog. Wissenschaften 64
Wie der Teufel den Professor holte 629
v. Wiese, Das Gedicht 376
Wilson, Auf dem Weg zum Finnischen Bahnhof 194
Winkler, Menschenkind 705
Wittgenstein, Philosophische Untersuchungen 14
Wolf, Die heiße Luft der Spiele 606
– Pilzer und Pelzer 466
– Punkt ist Punkt 122
Wollseiffen, König Laurin 695
Zeemann, Einübung in Katastrophen 565
– Jungfrau und Reptil 776
Zimmer, Spiel um den Elefanten 519
Zivilmacht Europa – Supermacht oder Partner? 137